To Dance with the White Dog

我想陪你到时光尽头

与狗狗相伴的那些日子

〔美〕德瑞·凯 著 孙如轶 译

南海出版公司

狗是我们与天堂的联结。它们不懂何为邪恶、嫉妒、不满。在美丽的黄昏，和狗儿并肩坐在河边，有如重回伊甸园。即使什么事不做也不觉得无聊——只有幸福平和、单纯、信任、爱与关怀。

——米兰·昆德拉

谨以此书献给我挚爱的兄弟姐妹们——卢拉、珍尼、莎拉、内尔、贝蒂、图布斯、帕特斯、佩吉、约翰以及加利。他们曾亲眼目睹白狗起舞。同时以此书献给我亲爱的哥哥托马斯。他有过一段绚丽多彩的传奇人生，虽已去世，他的形象却依然在我的脑海中鲜活如初。

1

他理解那些人的想法，也知道他们会说：他已垂垂老矣，又将何去何从？那些人小心翼翼地说：我们谈谈这件事吧。

正好所有人都在，那就趁此机会商量一下，找出解决办法。大家心里都清楚，即便时机不对，也应该想办法劝劝他，和他讲讲道理。

言之有理，人不能一辈子这样下去，不管过程有多痛苦，我们都必须把话挑明。

我不明白，为什么要选择此时此刻来谈这件事，就不能再等一段时间？也许就几天而已。

但他适应不了孤独的生活，况且他还瘸了一条腿。

他们说，他原本不是如此孤独，一点也不孤独。

确实，确实如此，即便我们一个接一个地离开了，他的身边也一直会有某个人存在，陪伴着他。

她在这里，就算我们全都离开，至少还有她。

但那已经是过去了。此时不同于往昔，如今没有她，一切都不同了，有些事情总要去面对。

我们该怎么办，现在什么都不能说。

不久以后，还是要对他说清楚的。

无论我们怎么想，他都会固执己见。

他很清高，这是他的标志。他的观念一如从前，仍然觉得自己精力旺盛，强壮如牛，可悲啊！

他们在谈论他的事，却不知他其实很明白他们的意思。他们窃窃私语，认为老人在自欺欺人，正是这种自欺欺人的想法滋生了幻觉，那滋生的速度如一眨眼就不见的云霄飞车一般。他们说，他这个样子实在令人担心。

现在是午夜时分，他们——他的儿女们，早在下午就悉数到达。在这黑色五月的夜晚，儿女们抱住他，在他面前啜泣，然后挤在一张大餐桌前，喝着浓咖啡，低声交谈着，神色悲伤，面带忧愁。

儿女们不会知道，他其实明白他们的想法，一个垂老之人，将何去何从……

他独自待在房间里，坐在书桌旁的摇椅上。他那条正常的腿斜倚着铝制拐杖，脑袋靠在椅背上，双目紧闭。他没有睡，却假装睡着了。这样更好，他倒宁愿儿女们认为他睡了，这样他们才能各抒己见。也许把话说出来以后，他们心里会好受些，就不会缠在他身边陪侍他，仿佛他天生就是个废人。

他知道"陪侍"的含义。当年，他十七岁，还在麦迪逊上学，家人打电话通知他去照顾祖父。他照做了，陪侍在祖父的身边。他看着祖父一天天衰竭，一天天变老，直到死去。那时，他其实并不愿意和祖父待在一起，但是家人希望他能够陪侍祖父，他也按照他们的意愿做了。如今，他不想让儿女们看着他也这样，一天天老去。

他想，儿女们的出发点是善意的，他们总得谈点什么，也需要被依赖的感觉。当然，他们不会吵架的。眼下根本就不是吵架的场合与时机。要吵也要等到以后再吵吧，等到他们不再怜悯他时。也许，他们该停止这样的怜悯了。他们每个人都有脾气，而且谁也不服谁。对儿女们而言，想让他们不经过争论就做出让步是不可能的。他想，上帝知道，我已经听他们争论了五十多年，我知道，他们不口若悬河滔滔不绝一番是不会退让的。然而，他们的出发点是善意的。此时，他们正挤在餐桌旁，喝着香浓的咖啡，谈论着他们的父亲以后将何去何从。

书桌旁的窗户开着，他呼吸着来自春天的绿色气息，聆听着窗外沼泽里虫子的高声欢叫。他可以清晰地听见厨房里传来的儿女们的争论声以及谷仓传来的夜鹰尖锐的呼啸声。他润了润唇，微微张开，然后深吸了一口气，无声地回应着夜鹰的鸣叫。她一直都喜欢他回应鸟儿的叫声，回应夜鹰犀利的鸣叫，还有美洲鹑的"吱吱"声。春夏两季的日暮时分，他和她经常坐在树阴下的石阶旁，听着群鸟的叫声。那时，他会积极地回应那些声响，鸟儿大叫他亦大叫。经过一天的劳作后，看到他和鸟儿调皮地嬉戏，她会颇觉欣慰。有时，他会对那些鸟儿吹口哨。当几只美洲鹑闻声落到草地上漫步，她会轻轻地对他说："嘘，你看……"她不允许任何人伤害草地上的鸟儿，这些美洲鹑太相信人类了，很容易被人捉去。

因为她，他学会了辨识这些鸟——包括如箭般迅速的野生金丝雀（在太阳的映照下，它的翅膀是金色的）、红雀、青鸟，还有翅膀尖端有着触目红色的画眉，它飞起来的样子高贵而动人。很多时候，他会往厨房窗外的草地上撒满谷子，这样她就可以在干活的时候观赏鸟儿啄食的样子。

那天早些时候，一个女婿下班后闲来无事，帮他们修整了一下草坪。现在透过书桌旁的窗户，青草的芬芳闻起来如同薄荷般清甜。

他拿起桌上的一封信。这是封邀请函，邀请麦迪逊农业机械学校1910～1915年期间入读的学生参加同学聚会。60年了，60年了啊！他不禁感慨万千。收到信的那天，她对他说："我想参加这个同学会，自从我们回来后，已经好长时间没去麦迪逊看看了。"他拿起那封信，往书桌上一扔，对她说："考虑考虑再说。"而此时此刻，借着台灯照射出的昏黄灯光，他在书桌旁再次读起了这封邀请信，信的署名人是玛莎·道威科尔。读罢，他把信重新放回去,靠在椅子上,闭目养神。

这时从厨房传出脚步声,似乎有两个人正朝着他的房间走来,但他没睁开眼睛。脚步声在门口停住了,接着是一阵寂静。他知道,此刻有人正在窥视着他。然后,他听见轻柔的脚步后退声,他知道现在厨房里有人在说:"爸爸正在休息呢。"他也知道有人(应该是某个女儿)接着回答:"别打扰他,他需要睡一会儿。"

他觉得奇妙——他知道也许有两个人站在门口,知道他们正站在那个地方静静地注视着他,也知道他们接着回厨房去了。有什么异样吗?不,没有,他认为一点也没有,这是他的家。这里的每一个地方、每一个细节他都十分清楚,他能听见屋子里每根木头的声息,可以在黑暗中扶着墙壁摸索着前进,也可以用布莱尔点字①法进行阅读。

他曾在夜晚无数遍走过这片墙壁,只是为了去看看她有没有睡下。然而今晚,他再也无法去看她是否入睡了。从今往后,都无法去看,也不必去看了。

他睁开眼,眼眶早已湿润。他把枕在椅背上的头挪了挪,觉得那条坏了的右腿无比疼痛。大腿和髋部两次被植入人造的接合物。女儿(记不得是哪个了)给他吃了阿司匹林,这样可以止痛,然而药效仅此而已。明天他要去医生那儿开些效果更好的药,比如让他的髋骨不再疼的麻醉药以及可以令人情绪转好的药。这样

---

①供盲人阅读的凸点文字。——译者注

他就不用头晕目眩地面对儿孙们焦急的眼神了，也不用看邻居的愁容，听他们的咕哝，接受他们送过来的食物了。药剂师真是太聪明了，他了解病人所需，比任何人更清楚病人的心态。

夜鹰再次鸣叫，叫声却渐渐远去，终于消失在沼泽深处。

他从衬衣口袋里掏出怀表，怀表被一条断了的鞋带绑在纽扣孔上。女儿们不喜欢他这样戴表，因为她们觉得这样很不体面，也不整洁。啊！12：40了。他想，原来死亡来得很快。

他盯着表面，盯着那泛着荧光的12格数字，看着时针和分针静静地走动，在心中默默计算着时间。5个小时了？有6小时了吧？他重新数了数，是的，已经过去6小时了。事情发生得太快了。他听见厨房传来哭泣声，随即把表重新塞回衬衣口袋，再次合上双眼。

他想，其实，我也想快些死去。

当他唤她的时候，她并没有回答。（即便他的听力已经日趋衰退，听不清来自外界的声音了，他还是训练自己对她的感知能力，哪怕她静默着，他仍能真切地感受到她的存在。）他吃力地从摇椅上起身，抓着铝制拐杖的扶手，一瘸一拐地去找她。

"在干什么呢？"他叫得很大声，"我刚才想一定是你回来了，你一定是想看看电视节目？"

她没有回答。他一个房间一个房间地找，从客厅到厨房，从厨房到卧室。他看见她倒在床左边的地板上，立即明白发生了什么事。他用拐杖快速敲击着地面，想试着快些奔上前，但他没有这个能力。他一瘸一拐地走过去，扶墙站着，慢慢地蹲下，直到能触摸到她。他碰到了她的脖子，感觉到了轻微的脉搏，但是却感觉不到呼吸。他在她身旁坐下，把她的脖颈轻轻托起，用手拨开她的嘴，然后将自己的嘴对了上去，用舌头试探她是否还有生命的迹象。然而，一切都是徒劳，她的舌尖没有了那种温暖的感觉，只剩下渐凉的唾液。他温柔地亲吻着她。

"别，别这样，别这样……"他大声喊道。

他知道自己因为腿伤，没力气扶起她，这让他感到羞愤。他想，我这个不中用的身体，不中用啊！他轻轻放低她的头，笨拙地绕过她的身体，抓着最近的门把手努力让自己站起来。电话在客厅，他蹒跚地拖着那条瘸腿拨了号码。在路的另一边，400 码之外，住着他们的一个女儿。

"你妈妈她……"他说。

"妈妈？"女儿惊恐地问道，"妈妈她怎么了？"

他没法回答，挂了电话，痛苦地挪回到卧室，坐在床边看着她。

"别这样，"他又说了一遍，"别丢下我。"

他听不见儿女们进屋的声音，只看见强壮的女婿把她抱起来放到床上，两个女儿发疯一般地对自己说着什么。她们和他住得很近，其中一个已经通知了另一个。他不明白女儿们在说什么，也不想明白。然后，有人抬着担架进来了，另一个女婿扶着他去了医院。医院里刺鼻的药味刺激着他的神经，他意识到身边还有儿女在，便忙不迭地呼唤着他们。

儿子扶着他在床边坐下，他抓着儿子的手，看着女儿用孩童般的声音轻轻地唤她："妈妈！妈妈！"他和她最小的儿子如今已长成一个又高又壮的小伙子了，此刻却像小孩子一样号啕大哭，哭声如同喉中发出的祷文。"我爱你，妈妈。"他感觉小儿子的手在他手里越攥越紧，他在抽泣。

他看见她睁开眼睛，嘴唇一张一合，却只字未说。她的眼光逐一扫过孩子们的脸庞，然后，转向了他，她紧紧地握住他的手，无声地落下泪来。

"爸爸，您怎么了？"

他睁开眼，看了看四周。叫他的是小山姆，也是住得离他家最远的人。在这个黑色五月，长子跋山涉水，千里迢迢从突尼斯风尘仆仆地赶来。

"爸爸，很晚了，您应该上床休息了。"长子的声音浑厚而轻柔，像个演说家。

"现在几点了？"他问。

"一点多。"儿子答道。

"这么晚了啊？"

"是啊。"

睡着的时候，他的梦里全是她弥留之际的模样，他自己都不知道为何会这样。他再次想到：原来死亡来得很快。

"其他人都在。"儿子答道。

他朝厨房望去，孩子们彼此依偎着，都在看着他。看起来，他们憔悴了不少。

"我们都商量好了。"长子告诉他，"会有一部分人留下来陪您，我们只是来向您说声晚安。"

他点了点头，扶着拐杖，向前倾了倾身子。长子帮他站起来，他感到瘸了的那条伤腿隐隐作痛。

"您哪里不舒服吗？"长子问道。

"有一点。"

"您想吃点什么吗，爸爸？"其中的一个女儿问道。

"我给他吃了一些阿司匹林。"另一个女儿答道。

"我上床休息一会儿就没事儿了。"他说。

"明天我们带您去看医生，让医生开些效力更强的药。"长女斩钉截铁地说，"一定得开点药！"

他仍然扶着拐杖站着，听见窗外池塘里虫儿的欢叫声，却没听见夜鹰那划破长空的鸣叫。一阵沉寂，仿佛时间缺失了一块。长子抱紧他，轻声对他说："爸爸，我们都很爱您。"接着，儿女们逐一上前拥抱了他，对他喃喃而语，然后回到兄弟姐妹之间。

他看着儿女们，感觉到自己在点头。他近乎麻木地说："我们都会想念她的。"

忽然，他的一个女儿情不自禁大声地哭道："妈妈！妈妈……"

2

她的灵堂前摆放了许多花，前来参加葬礼的人很多。"我们终将面对死亡。时间将至，让我们做好准备面对上帝的召唤。罪恶的人们啊！没有人知道自己的死期，只有耶稣知道。阿门，阿门，阿门。"虽然悼词传递出的更多是哀痛而非祈愿，但他还是觉得她会满意这样的葬礼。他已经筋疲力尽，厌倦那走了调的哀乐与变了味的哭丧。他一直昏昏沉沉的，那些天使的画面、粗糙的老十字架以及参加葬礼的人们的面孔，如电影般不断闪现又消失，而他已无力招架。

每当过河的时候，每当去别处干活的时候，他都会深深地思念她。这些河流如同弯曲的鸿沟，把他俩隔开。是的，我们应该在河边会合。但是，为什么要会合？会合是望穿秋水的等候吗？是为相看无言唯有泪千行吗？还是仅仅为了听那湍急的河水奔流不息？

他忽然很想摸摸她的脸。

"让我们记住这一天，"牧师对他和儿孙们说，"记住所爱之人离开我们的这一天。"

她离世的这天晚上，他从书桌里拿出日记本，写道：

"今天是我妻子过世的日子，我们结婚57年了，一起度过了57年的美好时光。"

这是他最简洁的记录。

他永远不会忘记这天，牧师会忘记，而他却永远不会。

人总会死的，对她本身来讲并没什么，但这对她的至亲所造成的痛苦与损失，非笔墨可以形容。

葬礼结束后，他被扶进二儿子的车里，去了长子（他的长子早已去世）的墓地，长子在此已经沉眠多年了。在这里，将进行最后的默祷。牧师在他面前停住，欠了欠身子，握住他的手说了些祝祷之词，然后转过身对他的子女们又重复了一遍同样的祷文，活像一只机械学舌的鹦鹉。

"我们回家吧，爸爸。"一个儿子说。

"再等会儿。"他答道。

他的面前停放着她的棺材，棺材用结实的尼龙绳固定住，如同航空表演中的飞行器。一层玫瑰铺在棺材上。他看着那个挖好准备下葬的土坑，旁边是他长子的坟，那是个平坦的小土堆，如雪一样白，掺着云母的沙子闪闪发亮。他感觉有人轻轻拍了拍他的肩。忽然，他很想独自待一会儿。

"我没事，"他轻声道，"真的没事。"他拄着拐杖，感到大家都在看他。他对着那具棺材说道："永别了。"然后，转身，慢慢地离开。

这是个阳光灿烂的日子，温暖而明亮，微风从西边吹来，透过青翠的叶缝可以看到潋蓝的天光。此刻，阳光正温柔地轻拂他的面庞、他的掌心。

下午，他去医生那儿拿了药之后回到家就睡着了。他梦见了尼丽，那是个和她妻子一起工作过的黑人。在梦里，尼丽坐在妻子的灵柩旁，正在说着什么，"别担心，我会准备些豆子，没什么需要您操心的，像您以前做的那样，我再烤点小饼干。所以您不用担心，什么都不用担心。我会好好照顾他的。"然后，妻子的声音从灵柩里传来，"把水杯放在他桌上，尼丽，记得要加冰，他喜欢喝掺了冰块的水。还有把盐和胡椒粉放好，到时他都要用呢。"尼丽答道："好的，我会的。我会做好所有的事情，您别担心了。您放心地去吧，不用担心任何事，尼丽会帮您打点好一切的。"

醒来时，他听见隔壁房间有声响。他寻思着，这栋房子还是挤了点。教堂的妇人们会来打扫卫生，做做饭，表示一下哀悼。她们会把食物放在桌上，可能会有一些小点心、热可可，还有三明治。他想知道尼丽是否也和那些教堂的妇人们在一起，她是不是正在告诉她们都需要做哪些事。当尼丽听到他妻子的死讯时，她冲进屋子，情绪激动，推开他的儿女和孙辈冲过来拥抱着他，放声大哭。"您不用担心任何事，"她号啕道，"这儿还有尼丽，还有尼丽……"

他听见最小的孙子在外面玩耍的声音。

"是帕蒂？"

"不是，帕蒂在屋子里，那是格里在玩儿。"

在灵堂，他的一个女儿说道："全家人都聚到一个房间里，这是第二次了。第一次是在您的结婚纪念日那天。爸爸您还记得吗？您和妈妈的五十周年结婚纪念日。"主持葬礼的司仪发讣告时，曾经问起家里的孙辈共有多少人。没人知道。于是，司仪便依次写下每个孩子的名字，括号旁注明其配偶的名字，从长至幼，依次下来，以及儿女们各自小家庭的子孙数。他的儿孙如下：爱玛（霍特）、劳丝（泰博）、小山姆（米兰达）、凯特（诺亚）、凯莉（霍曼）、保罗（布兰达）以及詹姆斯（莎朗）。当司仪补充完孙儿们的数量后，这个数字达到了 28 人。

"要是有人知道一共有多少儿孙该多好！"小山姆说道。

"妈妈知道，"劳丝答道，"她是唯一知道的人。"

直到访客们和教堂的妇人们全都离开了他才起床。他喝了碗汤（那是尼丽为他做的，她留了下来），听着女儿们提到屋子的清洁问题。他知道自己无力反对，虽然打扫卫生这样的事情只是其中的一部分而已。她们想陪着他，服侍他，至少应该持续一段时间。也许她们想研究一下他的心态，如同对待一个不确定的实验一般。女儿们想知道他能否照顾自己。如若不能，她们就会讨论如何照料他的事。

"我们不会妨碍您的，爸爸。我们只是想整理一下，把屋里的东西放回原位。"

"肯定会有很多感谢信要写的，我们会帮您写好。"

"如果您不喜欢我们在这儿，想让我们离开，请告诉我们。"

"爸爸，您觉得您一个人没关系吗？"

夜晚，他在日记中写道：

在我 81 年的人生当中，今天是最难过的一天，和我相濡以沫 57 年的妻子下葬了。她的墓边埋着我的长子，他于 1941 年的某天搭便车找工作的时候，遭遇车祸离开了人间。这些年来，妻子一直希望有朝一日能与他再会，伴他左右。如今，她的心愿实现了。我知道，他们母子俩肯定会快乐地紧紧相拥。今日是我此生欢乐时光的终结之时，感谢万能的上帝赐予我理想的妻子和孩子。人生不如意事十有八九，我一直希望自己能竭尽所能地付出。但我敢说，我们拥有了连金钱都买不到的幸福。我会时刻想念她的音容笑貌，也知道她无时无刻不在我身边。人生是一条河，她已渡过河，停留在堤岸边。终有一天，我也要穿过河流，与她相会。每当我看见河流的时候，都会想起她。现在，所有的孩子都在家里，他们都很乖。

他再次服了药，又再次梦见了她。他看见她在厨房里忙活，在整理橱柜，在揉捏面团。两个女儿也在厨房，帮她一起干活。

"我要是死了，你们的爸爸会再找一个。等着看吧。他会再娶，找个能照顾他起居，为他做饭洗衣的人，等着看吧。"

"妈妈，别这么说。"

"你们不了解他，可是我了解。你们会明白的，要是我死了，其他人会住进来，用我的烤饼机给他做饼干，一天三次。"

"真的吗？爸爸。"

"没错，但是她什么也不用烤，我会从亚特兰大找个露大腿的女人回来。"

"爸爸！"

"他会的，会找个踢裙子的老太婆，说不定还是塞比·希拉德。她都已经暗恋了他二十年，哦不，三十年了。每次你爸爸在罐头厂上班的时候，她都会来看他。她不懂豆子是怎样被压进罐头里的，你爸爸就教她，压给她看。他以为我没看到，其实我早就注意到他们俩了。"

"妈妈，别说傻话。塞比·希拉德是我们这最漂亮的女人，但她有丈夫了，而且一定早在四十五年前就结了婚。"

"你不了解她，我了解。我记得那时候，她经常来罐头厂。"

"爸爸，是这样吗？"

"我可不记得塞比·希拉德来过罐头厂。"

"明白了吧？妈妈。"

"但是她确实长得不赖。"

"好了爸爸，别说了嘛！"

"让他说，我才不在乎呢！等着瞧吧，肯定会有别人来这儿做饼干的。"

他被惊醒了，刚才的梦在脑中挥之不去，清晰可见。他禁不住笑了，这是一个愉快的梦。

3

　　第二天，女儿们回来帮他打扫屋子。尼丽也来了，不是因为有人请她来，而是因为她自己坚持要来，他的女儿们也反对不了。

　　"怎么跟尼丽说她不用来了？"女儿们交谈着，"她认为她有权利来这儿，如果你问她原因，她就会说她在咱家待的时间比你我都长，以前妈妈需要她帮忙的时候，她都会鼎力相助。"

　　"尼丽会对我们指手画脚的，这是肯定的。"

　　"我想她会的，她经常这样。"

　　"尼丽的到来似乎会让爸爸好受一些，那就让她待在这儿吧！"

　　"也许她觉得我们会没经过她允许就把东西拿走。"

　　他没有和女儿们待在一块儿，也没有和尼丽在一块儿。他把车开到田边，开始修整核桃树下那一小块儿苗圃。他费力地拄着拐杖，一棵挨一棵地除去树下的杂草。他把自己想象成远古的海龟，拖着坚硬的外壳，缓慢而沉重地行走着。他休息了一会儿，又接着干，干完了再休息。他没想快些干完，只要能一直干就行。在这小小的苗圃之间，他找到了心灵的和谐与安宁。

以前，他种了好几亩树，这些树可以拿去卖钱。而如今，田里只剩下几株树苗儿孤零零地立着。她一直不喜欢他种树，但他还是坚持自己的做法。"真的没有必要啊，"她曾这样说，"你现在拄着拐杖，照顾不了这些树，没必要再种了！"然后，他就会和她争辩："我会悠着点的，就种几棵而已，当顾客上门时，我能有货拿得出手就行。"然而，他明白，早在他种下树苗儿的时候，他就知道那些树是用来自娱自乐的，并非为了卖钱。他喜欢看着那些小树成长，喜欢看种子发芽的过程，喜欢闻木头散发的独特香味，喜欢做园艺修剪树枝。"这是最后一次了。"他向她保证，她却因为他的固执己见忧心忡忡。她曾这样对他说："你这是在伤害自己，你看我会不会去帮你拿药。你这样做一点意义都没有，你种的树已经遍及整个县了，没有必要再种了！"

他用拐杖支撑住自己的身体，沿着成排的树木缓缓而行，每走一步都可以感觉到拐杖陷进泥土之中。他拔掉已经枯死的冬日杂草和鲜活的春日杂草，抖掉新杂草根部的泥土，再将其根部朝上丢在树苗的中间，任其在阳光下枯萎。

他回望那些成排的小树苗儿，还有他刚才留下的歪歪曲曲的脚印。他看着这些树木细长的茎，瞧着树林中间刚被拔去的草。他觉得自己就像只老乌龟，两小时还挪不了 50 英尺，去哪儿都是慢吞吞的。阳光从头顶罩下，四下里一片温暖。

通常，他会在午餐后吃药，然后再午睡一会儿，但是现在他不想待在房子里，不想和女儿们以及尼丽待在一起。在他看来，她们翻箱倒柜的样子像极了"梁上君子"。她们将她的东西放进汽车后备厢带走，仿佛把她的气息也带走了。一个珠宝盒子、一件放在壁橱里的长袍、一顶在星期天才会戴的帽子、一双拖鞋以及一个用来装信件的箱子。这些东西都可以让他找到她的影子，就像神秘人留下的线索一样。然而，并没有什么神秘人存在。她已经走了，女儿和尼丽正在搬走她的东西，一个房间一个房间地搬。他想，她们的动作应该会很快吧，她们以为对他来说，最好的安排就是别让他看到她们的所为，以免他伤心。其实他并不反对女儿们和尼丽的做法，这只是一种仪式罢了，是女儿们的仪式，也是尼丽的仪式。尼丽有资格来这，她比其他任何人都了解这所房子。

他站直身体，舒展了一下背筋，随后掏出手帕擦了擦前额的汗，又擦了擦眼睛和帽檐，接着脱下帽子对着脸扇了扇风。

只有一处，他没有让女儿们和尼丽清扫，那便是他的书桌。因为那里面存放着很多他的私人物件。儿女们从没碰过那张书桌，也从没问过书桌里面放了什么东西。她很早以前就告诫过子女："不许碰这张书桌，那是你们父亲的，你们谁也不准动。"儿女们也牢记在心，并将其传给了下一代，以至于他的孙儿们也知道这张桌子是不能碰的。

桌子里其实存放着他做的各种记录、往来的信件和他写的日记，里面满是他和她的过往以及孩子们的童年趣事。流年似水，各种生活细节都被他简单地记在了里面，无一例外。每个孩子的出生日期、姓名、体重，他们得麻疹、出水痘的年龄，得腮腺炎、摔断腿，以及最后病愈的时间，都记在里面，年复一年。还有庄稼播种的日子，年复一年。丰收的时节，庄稼的产量、价格、净重；母牛的名字，喂养的过程；小牛出生的时间，小牛的名字；小树的播种时间，发芽的时间，出售的时间；干旱、冰雹发生的时间；家庭的盈利和亏损的金额，等等，年复一年。他的信件、日记以及各种记录就像相册一样井然有序地摆放着，上面都标有不同的标注，千奇百怪。然而，从没有一个人打开过他的抽屉，问问里面到底放着什么。

他听到门"砰"的一声关上了，于是拧了拧身子，调整了一下拐杖，用那条正常的腿支撑了一会儿，朝房子望去。尼丽正大步流星地穿过院子，她的双臂夸张地摆动着，仿佛一个得意洋洋的游泳健将在展示专业动作。他想，尼丽已经让女儿们按照她的意愿干完了活。确切地说，尼丽在对她们发号施令。从她走路的姿态、高挑笔直的身躯以及脸上充满光泽的黑色肌肤，可以看出她非常满意。尼丽负责打扫卫生，他的女儿们根本没法阻止她。

尼丽穿过马路，沿着田地旁核桃林里的小径走过来，在核桃林的边缘停住了。她把大半生精力花在了田里，在她60岁生日的时候，尼丽曾对天发誓永不踏入田地。

"就算是上帝让我去，我也不干！"尼丽曾经如此坚决地表态。

"进屋吃点东西吧！"尼丽用她那尖锐高亢的声音喊道。他朝她挥了挥手，点了点头。

"以后不要去除那些杂草了！"尼丽用一种命令的语气对他说，"对像您和我这样的老人来说，外面实在是太热了。您最好待在家里，哪儿也不要去，免得出什么事。上帝啊！您要是出了什么事的话，尼丽可抬不动您！"

他挥了挥手，拄着拐杖小心地转过身，沿着树木往回走，走过刚拔下来的枯萎的杂草。尼丽双臂交叉站在那儿，注视着他的动作。她语速飞快地说着什么（他猜应该是在责怪他），但他听不清。他也知道和尼丽争辩毫无意义。她会凭借她那一口高亢的嗓音不断地烦着他，直到他投降为止。天气太热了，他也疲惫不堪。尼丽看着他，直到他走过成排的树木，走到了卡车旁。"需要帮忙吗？"她高声问他。

"不用。"他答道。

"我的老天爷，我发誓您肯定会因那辆卡车而出事的。"尼丽埋怨道，她厌恶地摇摇头，大步返回屋里。

他拿起拐杖，放到座位底下，然后拉开门把手，小心地坐到驾驶座上。没人认为这辆车能跑，也没人相信他的车技，他也没有驾照，不过他不在乎。对他来说，这辆卡车是一份巨大的财产——即使它很老旧，因为掉漆而露出了里面的金属，金属片上锈迹斑斑，发动机还总是发出巨大的轰鸣声，零件相互碰撞着，车挡也松了。

"爸爸，您用的几挡啊？"儿女们经常忍不住问。

"我也不知道，车子能动就行。"他永远都是这样回答。

这辆卡车发动的时候就像一只动物在不断地痉挛一样，抖个不停。但是，这毕竟是属于他的卡车，他的。他可以不用走路去地里，而是开车过去，如同两个无精打采的老家伙彼此惺惺相惜。让那些人去窃笑吧，让他们带着同情摇头吧！这是他的车，他也非常喜欢这辆车。当然，他的那些孙儿们也很喜欢这辆卡车，经常吵着让他用车载他们去玩。

他没察看屋子也没问女儿们堆放在走廊旁边的那些盒子到哪儿去了。他进了厨房，坐在餐桌旁边。尼丽、劳丝和凯莉正在那儿擦洗银器，爱玛和凯特在清扫橱柜，把盆盆罐罐放到台子上。

"尼丽给您做了牡蛎汤。"尼丽骄傲地向他宣称，她知道他喜欢喝这种汤，"凯莉，去给你爸盛碗汤。"尼丽指挥道。

凯莉从椅子上起身，为他舀了碗汤，放在他的面前。

"亲爱的，你刚才起身的时候应该再给你爸爸倒杯水的，"尼丽补了一句，"你知道你爸喜欢在饭桌上放杯水。"

凯莉按她说的做了。他慢慢地喝着汤，汤很热很浓，是他喜欢的味道。他听着尼丽用她那尖锐而夸张的嗓音唧唧喳喳地讲述儿女们孩提时期的那些可笑的事情——打架、哭闹、逃学、扮鬼吓人等等。他的女儿们礼貌地听，礼貌地点头，脸上挂着勉强的笑。他想她们肯定对尼丽这样滔滔不绝感到不满，因为在这么严肃的场合里，尼丽却显得一点都不严肃。

"噢，天啊，凯莉是你们当中最让人头疼的一个。她总是跑来对我说，'尼丽，妈妈又打我了，可是我什么也没做啊！'然后甩着她的小拳头宣称自己要离家出走。"

"尼丽，我没那么做过。"

"天啊，宝贝儿，你干过这事。记得有一次，你让尼丽帮你包好一些红糖饼干，准备离家出走时带上。结果你在草地上边走边吃，太阳下山的时候你就跑回家来了，大叫肚子饿。"

"我不记得了，尼丽。"

"宝贝儿，你那时候就是个小娃娃，当然不记得了。你还经常捣蛋，不像保罗，他小时候是个人见人爱的小乖乖，总是跑来帮我的忙。保罗唯一出事的一次就是在镇上走丢了，当时你们妈妈带着所有的孩子，老天，她带着那么多孩子，大老远地赶回家，单单忘了保罗。后来发现少了保罗，就赶紧回去找他，结果怎么都找不到，他那时候才四五岁。你们可怜的妈妈都急得快发疯了，她担心保罗，总念叨说保罗铁定是被人拐了。幸好他只是在一家廉价商店的盒子下面睡着了，傍晚的时候终于被找见了。老天，他是个好孩子，难怪他后来当了牧师。"

他记得那一天，她大声地哭泣，为他们的好儿子失踪了而悲伤不已。长子已经离开了他们，她从没忘记过丧子之痛。

尼丽就这样讲述着一个个故事，声音叽叽喳喳，像一只聒噪的鸟儿。她坐在桌尾，靠近窗户，瘦弱的身体有节奏地摇晃着椅背，长长的手指伸展开，在前臂和脸上不住地摆动。医生曾告诉尼丽，她患有神经系统方面的疾病，情绪激动的时候会发不出声，无法表达自己。医生针对她的病情给她开了药，她总是把药揣在口袋里，仿佛是个小奖品。然而，当她情绪激动的时候，药就会失效，她的手就会不住地发抖。但她学会发病的时候控制住自己，将手放在脸颊和前臂上，那种动作便成了悲痛的信号。现在，和已逝朋友的女儿在一起，尼丽又一次变得激动。她又一次身处她们之间，又一次回想往事，又一次觉得自己异常重要。

"老天啊，我们把孩子拉扯大了，这真是个奇迹，你说是吗，山姆先生？"

"我想是的。"他说道。他喜欢尼丽。除了两个最大的孩子——爱玛和托马斯，尼丽帮忙照顾过所有的孩子。有时她对他们异乎寻常地严厉，比如"我要切断电源了，不准凑上去"；有时又满心宠溺，会对他们说"宝贝儿啊，尼丽比任何人都爱你们"。这些情绪来得快去得也快，她大部分时间都是得意洋洋的。

伤心时她总是号啕大哭，"可怜的老尼丽，可怜的老尼丽，你什么都会做，什么都知道，可孩子们还是没在你的身边。可怜的老尼丽。"然后，这些孩子们——他的孩子们，就会跑过去紧紧抱住尼丽，哀求地问她怎样做才能不让她伤心。孩子们还小的时候，这种做法特别管用，他们长大之后也依旧如此。有一次，一位访客带着酸酸的语气问凯特，尼丽是否属于这个家庭，凯特天真地答道："不，但我们属于尼丽。"

"尼丽，你要吃点什么吗？"他问道。

"我早上喝了点燕麦粥，山姆先生，"尼丽伤心地说，"我已经吃不下了，阿里一会儿就会来接我，我等下还要去帮他做饭。"

"阿里最近怎样？"凯莉问道。

"他很好，宝贝儿。阿里是个好孩子，不过他有时候也会跑去坏人堆里混，就是金迈桥的那群可怜的白人男孩儿。他们的头发是我见过的最难看的。有白色的，还有染成各种彩色的，蓬乱不堪。他们还经常偷东西，贩卖非法威士忌。阿里只要不和他们在一起就会很乖。他和我在一起的时候很老实，老天爷，那些孙儿们不知道，可怜的老尼丽不能像过去那样了。他们要自力更生了，我也不好说什么。我该做的就是站在炉子旁边做饭。"

"尝尝我们准备的午饭三明治吧，"爱玛说道，"还剩很多，我们吃不了那么多。"

爱玛是儿女们当中最年长的。尼丽没有照顾过她，所以她是唯一一个让尼丽感到不自在的人。

"宝贝儿，我没法儿吃。我不能把我这边孩子的食物拿去喂到别的孩子嘴里。"

"没事的。"爱玛平静地说。

"尼丽，我们知道你不会从我们这儿带走吃的，"凯莉说道，"可我们做了很多，已经绰绰有余了，临走我们会打包让你带上。"

"好吧，宝贝儿，你想怎么样就怎么样吧！"尼丽答道，她的声音渐渐低缓下来，透着倦意，"我不能和我的孩子们争辩，这会让尼丽没法站在炉子旁。我想我已经做得够久的了，和你们这些孩子待得太久了。哦，老天爷，我爱你们，孩子们，我也爱你们的妈妈，无论是白人还是其他人种，她是我见过的最好的人。"

当阿里来到的时候，尼丽还在说个不停。凯莉跟着她从后门走去车旁时，她依旧滔滔不绝地发号施令。阿里要开车走了，尼丽仍不忘把车窗摇下来嘱咐一番。

厨房里，几个女儿木然地站着，面面相觑。尼丽的声音恍若一阵刺耳的铃声，萦绕在房里，不断回响。"怎么回事？"他有些恼怒地问道，"尼丽不让你们说话了吗？"

"爸爸，我头痛。"

"她整个上午都在喋喋不休，一分钟都没停过。"

"她一直都在指挥，让我们听她的，没完没了。"

"嗯，我猜她在这待了这么久，是要让我们感觉她属于这儿。"

"不要忘了，以前家里住着我们这么多人的时候，尼丽帮了你们的妈妈多少忙啊。"

"当然记得，她确实帮了妈妈很多，她也很爱妈妈，妈妈也爱她。"

"可是有人付给她钱了吗？"他问道。

"没有，"爱玛答道，"我给了，但她说她什么都不要，只想来这儿帮帮忙。她说比起妈妈对她的恩情，她做的这些事微不足道。"爱玛在他身旁坐下，说道，"爸爸，尼丽想来这儿帮忙这件事，您要留点神。她会坚持这样做，特别是近期这段日子。"

"没事的，"他说，"她做不了太多，我也不需要她做太多。"

"我们只是想让您知道，她没有必要来这儿，"爱玛柔声道，"有我们在这儿陪您就够了。我知道有些人住得比较远，但是凯特和凯莉就在附近，剩下的人可以安排好时间。我们也能帮忙。"

他点了点头，呆呆地看着面前已经见底的空碗，把玩着碗里的汤勺。他知道女儿们不相信他能独自生活，她们认为他年纪太大了，害怕他出事。

"您吃药了吗？"凯莉问道。

"我过会儿就吃。"他说，感到女儿们正在向他靠拢，陪侍着他。忽然，死去的祖父那如羊皮纸一样橘黄又倦怠的脸在他的脑海中一闪而过。

"您不会就着这么烫的水喝吧？"爱玛问道。

"可能晚点，等凉了再说。"

"爸爸，如果您还想维持现状，我们会担心死的，"凯特焦急地说道，"您要答应我们，不要沉浸在消极情绪里难以自拔。"

他看着女儿，她就住在核桃林附近。他在树林里干活时，可以看见凯特站在自家客厅里望着他。他说："嗯，你不用担心，我知道哪些是力所能及的，哪些是我做不了的。如果你非要为我担心，那是你的事。"

女儿们一言不发，安静地从他身边一一撤走。

他在床上听不到女儿们的声音，他知道她们有意保持安静，等药效上来使他陷入沉睡。屋里静得出奇，比他以往感受过的寂静还要无声。有时，房子会和他低语，墙壁、地板、天花板都会发出声音——但是现在，鸦雀无声。他想：这就是孩子们离开后的样子。鸦雀无声啊。这间屋子曾经回荡着那么多声音——令人头晕的燥热声、尖叫声、生气的咒骂声、拥挤的吵闹声。而今，只剩下他一人独自品味着往日的点滴声响。

他搓了搓伤腿，感到药片的威力正缓缓地流过身体，灼热地刺激着皮肤。他侧着身体，抬起头，望着窗外。院子的角落里堆着苜褐色的小麦。在那片未开垦的地里，他看见一团白光，低低地掠过地面。他用枕头垫着脑袋，合上双眼。药效已经到达了脖颈，它正流动着，仿佛一团蒸气冲进大脑，随后覆盖住前额，他终于睡着了。

又是一周过去，总有人在他身边陪着——劳丝和泰博会从南卡罗来纳州赶来，保罗和布兰达会被安排值一周，山姆和米兰达的安排是每周三天，住在附近的凯特和凯莉每天都来了又走，她们会带些吃的来看他。孩子们彼此之间的交班都非常及时，就像事先安排好的一样，如同赛跑的人在各自的跑道里各就各位，这般透明又周密的计划把他逗乐了。

"哦，原来你也在这儿。"

"没来多久，我马上要走了。"

"不再多待一会儿？"

"我也想啊，但我赶时间。爸爸您看上去不错，您不觉得吗？

是的，爸爸，您气色很好。"

"是的，他看上去真的不错，一会儿见？"

"当然，我等会儿还要过来的。"

他对孩子们紧锣密鼓的时间表感到无语。他假装自己没注意，但是到了晚上，他会把他们的表现记在日记里：

> 早上 8:30，凯莉带了早餐来，10:30 离开，劳丝随即接班。劳丝待过午饭时间，下午 5:00 离开，然后凯特接班。或许，他们这样紧密地交班，是怕我老糊涂，不晓得自己打点好自己。

孩子们密切地注视着他的一举一动，却不想让他知道，但是流露出来的表情和举止出卖了他们的目的。他也知道他们总是在电话里谈论他："你觉得怎么样？他现在怎么样了？有没有振作起来？我们该怎么办？该怎么做？"

接着，彼此交班的时间段开始增加——开始是几个小时，然后是一整天，后来是两天一次。他意识到，孩子们已经做了决定：他们要慢慢地从他身边撤离，让他拥有自己的时间和空间。他们开始放手，不情愿地成全他独自生活的美梦。

一个星期日的夜晚，他在日记中这样写道：

> 今天，儿子詹姆斯和儿媳莎朗来看我了。像平常一样，莎朗为我们做了一顿丰盛的午餐。凯特和诺亚去教堂回来顺

路经过，便与我们一道用餐。布兰达打电话给我，告诉我保罗今天要主持一场葬礼活动。能有布兰达、莎朗以及米兰达这么好的儿媳，我很高兴。爱玛和霍特大概在三点钟到达，我们还留了些剩饭当晚饭。另外，霍特还帮我修理了卡车上的暖气片。上面的橡皮管已经松了好些天了，只有他比我更清楚这辆车。尽管可以自立，但我还是对孩子们一心想照顾我感到非常感激。在和他们的母亲结婚之前，我是一个不太讲究的单身汉，做的饭没毒死自己，房子也勉强算干净。我明白孩子们关心我，但我没事，而且很高兴从此以后可以享受几天独处的时间。他们的母亲曾教导他们照顾他人，我在孩子们身上看到了她的影子。我想，能想象着她就在身边这样看着我，这就够了。毕竟，孩子们有他们自己的生活啊。

4

他是透过书桌旁的窗户看到这只狗的。破晓时分，他醒了，腹部火辣辣地疼。他去厨房喝了一杯苏打水便回到房间，坐在书桌旁。他总是喜欢在起床后坐看日出时的风景，看迷雾袅袅升起，浮过沼泽的水面。太阳从如丝线一般的雾光中缓缓而升，逐渐停留在一个比较固定的位置，阳光便在树影间婆娑摇曳。通常，总有那么一瞬间，那样极短的一瞬间——阳光仿佛被树影割裂，如飞金溅玉，橘红色的光芒遍染了整条河流。那个时候，他觉得那就是世间最令人惊叹的景象。

此刻，他坐在房里，没有开灯。因为他知道，住在附近的两个女儿如果看到他房里亮灯，就会担心不已，她们会打电话给他或是让她们的丈夫过来问问他怎么了，如此一来他独享的平静就会被打破。

那只狗站在后廊的台阶上，舌头舔着水泥地。他知道水泥地上有些油脂。前一天做完饭后，他一边小心翼翼地扶着拐杖保持平衡，一边拿着锅走到草地的栅栏边把油倒在了那里，心想反正会有雨水将油渍冲走。

他想，这只小狗一定是饿了。它正贪婪地舔着地上的油渍，身上的肋骨清晰可见。出于恐惧，它的小脑袋时不时地抬起来，眼睛警惕地望向四周。或许，这只狗遭受过非人的虐待，刚逃了出来，此刻已经筋疲力尽。又或许，它的前主人刻意将它从车里丢在了小溪边，任其自生自灭。

这只小狗的命运让他愤慨不已。他认为，与其这样让它受罪，不如给它个痛快。不过，这只狗或许离死也不远了。这是一只长相古怪的狗，是他见过的毛色最白的小狗。它长着像灵缇犬一样的长鼻子，后腿的肌肉异乎寻常的紧实。他想起了苜蓿边的那道白光，琢磨着那光是不是就是这条白狗。可那已经是几天前的事了，其间他也没再见过这道光。当时他曾好奇地伸头张望。现在他认为，那道白光应该不是它。这只小狗在四周游荡觅食，让人不由心生怜悯。他同情它的处境，但却无法忍受小狗跑到后阳台来。他已经很久没去理会流浪动物了，反正女儿们就住在附近，都爱喂那些可怜巴巴来乞食的动物。

他握紧了拐杖，蹒跚地穿过厨房，来到了后门处。透过窗户，他依然可以看见那只狗正不住地嗅着什么，舔食着水泥台阶上的东西。他打开门，快步走向阳台，抬起手上的拐杖，戳向那只狗，"走开！走开！"白狗往后退了退，忽然失足摔了一跤，在地上打了个滚。"走开！走开！"他再次敲了敲拐杖，对那只狗喊道。白狗慢慢转身，低下头，一声不响地离开了。它穿过院落，越过马路，往草地一角奔去。那儿有一处高大的草丛，可以用来藏身。跑进草丛前，白狗又无限依恋地回头望了望他的房子。

"怎么，你要躲着我？"他轻轻说道，"你以为那有片草丛，我就看不见你？没用的，我知道你在那儿。我猜你肯定已经在那儿躲了些日子了。你以为你躲在草丛里我就看不到你了？"

他朝阳台门走去，挪动着拐杖，低头瞥见白狗舔过的那一块有油渍的水泥地。水泥地上有一丝血迹，那是白狗舌头上的皮撕裂后留下的。他想，居然饿成这样，这只狗肯定不正常。没有食物的确难以存活，但是舔食洒在地上的油脂，这种行为必定不正常。或许，这只狗得了狂犬病。他记得自己很早以前曾杀过一只狗，那只狗就得了狂犬病，嘴角经常流着口水，喜欢对人咆哮，还时而追着人或动物撕咬。他不得已只能将它捕杀在沼泽地。

他退到阳台上，关上了后门。自己拄着拐杖动作迟缓，那只狗要是朝他扑来他可没办法躲开。他向草丛的方向望去，看到了那只白狗的脸，它正伏在草丛里。他知道这只白狗也在耐着性子望着他。他作了决定：要么彻底赶走，要么杀了它。

他仍然记得自己杀掉那只病狗时，心想她要是知道这事会多么地伤心难过。但其实，干脆直接的死亡对那只受罪的狗来说才是慈悲。之后他没告诉她那次捕杀的经过，只是骗她说那只狗跑了，他找到病狗的尸体就地掩埋了。他不知道她是否相信他的话，但她假装相信了。善意的谎言没什么不好。

他走进厨房，在炉子上烧了一壶水。他想煮点儿麦片粥，再冲杯热咖啡。他决定和诺亚一起去杀那只白狗。诺亚是个猎人，枪法不错。他本来可以一个人干这件事，但是白狗看起来极其敏捷，后腿的肌肉甚至结实，而如今的他还得在开枪的时候先平衡好自己的身体。另外，他的眼神也不太好，瞄准不了目标，只是徒劳地浪费子弹罢了。

曙光冲开了黎明的昏暗与厚重，天色渐渐亮了。他泡好麦片，加了些砂糖，再滴入一点黄油，便坐在餐桌旁开始吃早餐。透过厨房的窗户，他又看见那只躲藏在草丛里的狗，就像一颗白点一样。若她还在，她会主动去喂这只狗，然后再轻轻地"嘘"一声，让它快跑。即使是在大萧条时期①，她也会给那些"乞丐"食物，再客气地送走它们。嗯，这样做也没什么不对，他想，也许这只狗吃饱了就会跑掉了。

他没喝完麦片粥（他现在吃得很少，即使女儿们担心他，将盛着松软食物的碗堆满餐桌放在他的面前，他也吃不下），便把已放了一天的饼干掰碎放入碗中。他舀起杯中的培根油汁倒入碗里，把麦片和饼干搅匀。接着他来到后阳台，把碗放到了台阶上，然后退回到房里，静静地坐在书桌旁。因为坐着的缘故，他没法看见窗外的景象，但他觉得自己听见了白狗正轻轻推着那只放在

---

① 1929～1933 年为美国经济大萧条时期。——译者注

水泥地上的碗。过了一会儿，他去阳台上检查，发现碗已经空了。他想，我明白了，也许这只白狗还会继续这样每天溜来吃东西。或许，不久后它会换个地方，到一个有人想收养它的地方。假如它一直赖着不走的话，他就会和诺亚一起猎杀它。

他是在中午再次看见这只白狗的。他走到院子去查看邮箱，瞧见白狗正站在谷仓前注视着他。"啊哈，"他点了点头，"你很大胆啊，我给了你点吃的，你就不打算走了。我真不该这样做，真不该喂你。"如果这只狗晚上还不离开，他就会打电话给诺亚约他一起杀了它，他不允许这只白狗再在周围出现。

下午，凯特前来看他，帮他扫了地，换了床单。他告诉她想让诺亚等会儿过来，记得要带上猎枪。

"爸，怎么了？"凯特问道。

"我想把附近的一只狗弄走，"他说，"看上去那只狗饿坏了，而且像得了病的样子，就让诺亚去结束它的痛苦吧。"

"爸，那是什么样的狗？我到现在都没见着。"

"哦，它经常出现在我这儿，"他说，"这只狗应该已经逗留好几天了，我在你妈妈的葬礼刚刚举办完就看见它了。"

"我怎么没见过，实在太奇怪了。"凯特说道，"我也没听见任何狗叫声，您应该知道，如果附近有别的狗出现的话，瑞德和凯莉家的狗就会叫。"

"我为什么要骗你？"他生气地说，"这只狗早上在后门出现了，我弄了点油在地上，它舔得一干二净。我赶它走，但后来又看见它在谷仓下面出现了。"

"可能它只是肚子饿，想找些吃的吧。"凯特平静地说，她的声音听上去非常像她的母亲。

"哦，它还会饿的，"他说，"我才不会再喂这只狗。"他自己都觉得这句谎言骗不过别人，不禁笑了起来。

"那只狗是我见过的最滑稽的狗，白得不正常。"他说，"看起来就像个白化病人，我和你妈妈养的第一条狗和它差不多，别的狗可没这么白。"

"我会告诉诺亚的，"凯特小声说，"我会让他过来的。"她补充说道："不过我还是很纳闷我怎么从没见过那只狗。"

日落之前，诺亚来了，他把来福猎枪扛在肩上，搜了一遍谷仓、草丛和农田的四周，却没找到那只白狗。诺亚告诉他说第二天还会再来，但是估计这只狗可能离开了。

诺亚对凯特说道，"你爸肯定是看到了什么东西，但不可能是流浪狗，流浪狗不会在四周闲逛的，这个地区隔几步就有人家养狗，我们都知道。"

"可能吧，"凯特道，"可能因为妈妈不在了，没人陪他说话，他便开始幻想出一些东西，就像白狗这件事一样，我也曾听说过。"

第二天、第三天、第四天，白狗定期于清早在他家后阳台的台阶上出现，吃他剩下的早餐。当他挂着拐杖出去的时候，会看见白狗就在谷仓周围或农田里四下徘徊，然后他就打电话给凯特，命令她亲自过来看看。

然而，每次凯特到的时候，白狗偏偏就消失得无影无踪了，凯特只好打电话告诉其他的兄弟姐妹，父亲一定是出现了幻觉。

"也许这只狗躲起来了。"凯特的兄弟姐妹们猜想着。

"可是它确实不在那儿，"凯特反驳道，"周围我都看过了，诺亚早上去看过一次，下班的时候又去了一次，看那只狗是不是像爸爸经常说的那样躲在阳台上，但它并不在那儿。"

"这样看来，也许你是对的。"她的姐妹们不禁为爸爸的幻觉担心起来。

自从第一次看见白狗舔食地上的油脂块并且接连几天都出现之后，他终于耐不住性子了。第四天的时候，他自己扛上枪，把枪立放在后阳台门闩边上，等着白狗靠近这个盛放着诱饵的碗。可是，这一次白狗并没有出现。他记得，前一天曾听见树林里传来几声枪响，也许有人看到了这只狗，射杀了它。也许是诺亚干的。不，不是诺亚，诺亚肯定会叫上他一块儿去。不过没关系，狗已经消失了，一切都结束了。

他在饭桌前坐了两个小时，其间一直盯着窗外看。那一夜，他在日记中写道：

> 这是一只别人都没发现、唯独我能看到的白狗，然而它今天却没出现。我相信，这只狗一定死了。又或许，这只狗是想找个更好的归宿吧，硬邦邦的饼干与咸火腿上的油掺在一块儿肯定不好吃。无论怎样，它不再出现了，这是件好事。

像我这样腿脚不利索的人，很难去照顾一只只有自己可以看到的狗。记得克拉和我还住在坦帕①的时候，我们曾养过一只像它一样的狗，那时我们正值新婚。那只狗见谁都躲，却唯独不避我们。我们在马路边发现了它。那个时候它还很小，我们把它带回家，给它取名叫"雾团"，因为它看起来就像雾气一样白。从未有动物如此讨克拉喜欢。她告诉我，每当我外出干活的时候，雾团总是跟着她。从我们搬来现在的农场，到我们的第一个孩子——爱玛出生，雾团一直和我们在一起。爱玛出生后没几天，雾团便无故失踪了，怎么找也找不到它。一直以来，我都认为有人顺手牵羊把雾团抱走了，把它带到很远的地方，以防它跑回来找我们。那天天气很热，雨下得很大，白花花的雨倾盆而降。记得那是1954年，我正在医院做肾结石碎石手术。那是一场罕见的大雨，之前已经连续好几个星期没下雨了。

他合上日记本，放回抽屉里。然后呷了一口自酿的葡萄酒——酒很甜，几乎没怎么发酵。他想起了在坦帕的时光。那时候，她多年轻啊，对一切新鲜事物既兴奋又害怕。那里有橘园、有大海、有龙虾，还有螃蟹。他还记得他们在一条刚刚铺就的街道上租了一套房子，那是他们住的第一所房子。

---

①美国佛罗里达州西部的一个城市，位于坦帕湾，著名的冬季旅游胜地。——译者注

"嗯，这房子不怎么大嘛。"

"我就想要这么大的，正合我意。"

"我们不会在这住太久，等到工作合同期满我们就搬走。"

"也许你会找到另一份工作，那样的话我们就能留下来了。"

"不知道，现在找工作很难。"

接着，他们就发现了躺在马路上奄奄一息的小狗雾团。她把它抱起来，让它躺在臂弯里。她紧紧地搂着小狗，心疼得落下眼泪，因为这只小狗看起来饿坏了。

"我想收养它。"

"还不知道能不能养，也许是附近哪户人家的吧。"

"肯定不是，这附近又没房屋。"

"我不知道房东会不会让我们养狗。"

"我们会想出办法的，你每天外出上班的时候，它就能陪着我。"

"可是这只狗太弱小了，看不了家。"

"我不需要看家的狗，我只需要能陪伴我的狗，它让我感觉不那么孤单。"

5

第二天早上，他没有把碗拿出去。第三天，他还是没看见那只狗。他相信白狗要么跑了，要么死了，最大的可能就是走了，离开此地了。他抬头望了望天，想看看是否有秃鹫在天空盘旋。通常，秃鹫喜欢在死尸边逗留。然而，他没看见秃鹫飞过。于是他认为，那只盛了燕麦片、硬饼干和培根油的碗已经让白狗失去兴趣了，它又去寻找能提供更多更好食物的人家了。

一个星期天的傍晚，暮色刚降临，那只白狗又出现了。他看见白狗躲在谷仓旁边的树篱下面。他对它轻轻嘘了一声，白狗立即抬起头，警觉地竖起耳朵。

"过来，"他喊道，"过来，我厨房里有块饼干。"他用拐杖指着白狗。白狗后退了几步，向后匍匐着缩退到谷仓一角，忽然转身消失在视线中。他没去追这只白狗，只是生气地说，"有本事继续跑啊，赶快给我离开。"

第二天清晨，他把碗放到石阶上。白狗又出现了，风卷残云般地舔着碗里的食物。他在厨房里悄悄观察着这只狗，"我想你应该会回来，"他自言自语地说，"你去哪儿了？"他微笑着，"我甚至不知道你是什么品种的狗，想必是只野狗，也许你熬过很苦的日子。"

这天早晨，尼丽来了。虽然他曾经对她的到来表示抗议，但她还是如期而至。当他立在厨房的水槽边，刷洗着早餐后的盘碟和杯子时，他看见尼丽的车围着屋子绕了几圈。随即，他立刻以力所能及的速度拐进卧室，朝前院张望。尼丽正从车里出来，拍打着挤在后座上的孙儿们。他没听清尼丽说了些什么，但听见她以命令似的语调对雅利和她孙子下令，然后雅利开车走了。他想，万能的主啊，尼丽肯定要在这待上一整天。

尼丽没敲门便径直走进屋子，她叫着他的名字："山姆先生，山姆先生，我是尼丽，过来帮忙了。我说您在哪儿呢，山姆先生？"

"我在这儿。"他答道。卧室的门开着，接着尼丽便出现在门口。

"您还在床上呢？"尼丽问道。

"不，我已经起来了。"

尼丽咯咯地笑："瞧我呀，我竟然站在一个男人的卧室门前。哦，我的上帝啊，我还没敲门呢！山姆先生，如果碰上您像刚出生时的样子，全身赤裸该怎么办呢？"

"我想我已经裸过了。"他实事求是地说。

"上帝爱我们，山姆先生，我们俩都应该为之一乐。咱俩的岁数加在一起都和老天爷一样老了，您没什么可害臊的。"说完，尼丽又哈哈大笑起来。

"我以为——"他拄着拐杖向她一瘸一拐地走去，"我是说我不知道今天你会来。"

"我也是临时起意。"尼丽边说边给他让了条道，"我这段日子总觉得有点不太舒服，像是得了热感，真像您从前的某个孩子常会得的——比如小山姆，不是吗？葬礼那天他看起来那么帅。尼丽很愿意听他唱四福书，山姆先生，我真的很愿意听他唱四福书，他是我见过最好的牧师。"

他径直走进厨房，尼丽紧紧跟在他身后，告诉他雅利帮她从药房买了些药来，她服过了，感冒的症状也基本没了。他坐在餐桌旁，尼丽和他面对面坐着。

"我们这些老家伙不比年轻人，应该多待在床上。"尼丽意犹未尽，"即便是退烧了，也肯定要躺在床上休息。每次我感到不舒服就只管躺在床上，才不管我的那些孙子们想要什么，也不管雅利哪些事该做哪些不该做，我就躺在床上告诉他们别来烦我，我需要休息。"

"这是个好办法。"他顺着她答道。

"上帝啊，年轻人什么都不知道的，我发誓，他们什么都不懂。山姆先生，他们都被宠坏了。哦，对了，您吃早餐了吗？"

"早些时候吃过了，"他告诉尼丽，"我喝了点麦片粥。"

"您应该多吃些，山姆先生。哦，对了，还有饼干呢，您吃了吗？"

"吃了一点凯特带来的小饼干。"

"我马上为您烤一些新鲜的，您没必要总吃那些放久了的饼干，孩子们总是对您照顾不周，他们自己也承认。"

"他们常来看我，每天都来。"他答道。

"最好是这样，他们总是让尼丽放心不下，要嘱咐这叮嘱那的，我觉得自己就像只老母鸡一样，总得盯着身边这些小鸡。"

"他们做得很好，"他说，"有时候我倒希望他们能让我自个儿多待会儿。"

"是啊！"尼丽强调了一下，"那些晚辈总担心您出事，每次您一转身，他们就跟着看看。这些孩子根本不知道给人一个清静的环境。"

他勉强点了点头，向窗外望去。他知道今天会很热，没法在桃林干活，但他也明白自己是不会待在屋子里听尼丽唠叨的。

"雅利最近怎么样？"他问道。

尼丽难过地摇了摇头，"他丢了那份锯木厂的活儿，成天和金矿山莫里斯家的那帮小子瞎混。有人说那些孩子成天偷鸡摸狗，但也没人能确定。有人说他们几天前把沙第斯那对老夫妇给劫了，抢走了他们所有的钱，还有政府给的津贴。山姆先生，您最好把您的钱都藏好了，床边也最好放杆枪以备紧急之需。"

"他们从我这儿捞不到多少的，"他说，"我的钱只够生活所需。"

"唉，您还是在身边放杆枪吧，"尼丽又说道，"那些臭小子才不管您有没有钱，他们会认为您在妻子过世后肯定得到了一大笔保险金。"

"我会小心的。"他说。

尼丽从椅子上起身，继续滔滔不绝。"那好吧，现在就让尼丽开始干活吧，"她说道，"您总吃那些放久了的饼干，就不担心自己的身体吗，山姆先生？我马上给您做一点新鲜的，再把那些不新鲜的都倒掉。"

"把那些饼干放在盘子里吧，"他说，"我拿出去喂狗。"

"您养了狗？是什么样的？我没看见啊。"

"几天前有人遗弃的，每天早上我都拿东西出去喂它。"

"哦，今年的流浪狗比往年都多，"尼丽说道，"您别可怜那些流浪狗，我发誓它们见到人就咬。"

"这只狗吃了东西就走了。"

"我来放饼干吧，"尼丽说，"您就在椅子上歇着，我来打扫厨房。"她查看了餐桌和橱柜，无奈地摇摇头，"这就是只有男人在的厨房，我要花一整天的工夫清理。"

他微微一笑，实际上凯特和凯莉前一天晚上才打扫过这间厨房，除了他留在水槽里待洗的碗碟之外，厨房绝对称得上井井有条。"你看见孩子们的时候，应该对她们说点儿什么，"他说，"女儿们到我这儿来，就是不喜欢清理厨房。"

尼丽瞪大眼睛，显出厌烦的神情："我会的，"她保证道，"这些孩子应该知道，厨房必须保持整洁。"

他离开屋子，走向谷仓，准备给仓库搭个架子。其实那里并不需要搭什么架子。不过他喜欢做这种事，他做园丁前就当过木匠（他的父亲和祖父都曾是木匠），所以他也喜欢敲敲打打自得其乐。相比尼丽粗声粗气的声音和命令似的言语，他宁愿把那架子建了又拆，拆了又建。

不久，他看见凯特的车停在门口，凯特、凯莉以及凯莉的两个孩子急急忙忙地进了屋子。他轻轻一笑，知道他们听说尼丽来了——他想孩子们也许正在叫他。尼丽已经对厨房的环境抱怨过很多次了，这个时候肯定又在批评她俩的疏忽，然后指使她们做这做那。

当他回屋准备吃午饭的时候，尼丽正在灶台边监督两个女儿为他煎肉，她对她们大吼道："你们这些孩子应该时刻关心他这儿的食物是不是够了。上帝啊，你们的爸爸总不能每次饿了都喝麦片粥吧？我找不到一点里脊肉，你们说是不是？他习惯把豆子和里脊肉放在一起煎，你们的妈妈就知道这样做。里脊肉很好吃的，孩子们。别跟我说那些北方佬儿吃豆子是不放猪肉的。不过他们还真不放。米莉去过底特律，她回来时还一个劲儿问我为什么要用那么多里脊肉，说在北方，没人吃那玩意儿。好吧，那我就按照他们的烹调法做豆子吃吧，结果那样做出来的豆子连狗都不愿碰！下次屠宰活动开始的时候，你们应该为他采购些里脊肉吃。"

两个女儿没说话，她们俩正在手忙脚乱地干活，一言不发，在尼丽面前为父亲准备午饭。

"今天吃什么？"他天真地问道。

"尼丽说您很饿，饥肠辘辘。"凯特平静地答道。

"哦，倒不是特别饿，"他说，"你们在这里干什么？"

女儿们用难以置信的眼光盯着他看。

"孩子们说想帮帮可怜的尼丽，"尼丽开心地答道，"我告诉她们不用帮忙，尼丽能全包，但是不管怎么说，孩子们还是来了。山姆先生，她们真是好孩子。"

两个女儿面面相觑。

他查看了一下厨房，感激地点点头，说道："这地方看上去真不错，尼丽。"

"我一直都在干活，山姆先生，我一个人能行，但是这些孩子还是让我省了不少力气。"

"啊哈，"他低声说，"她们一旦开始干，就会干得漂亮。"

他坐在餐桌边，对着女儿们微笑。

"孩子们，盐放在哪儿呢？"尼丽问道，然后又接着说，"啊，在这儿，就在桌子上。"

"你不吃吗，尼丽？"他问她，却没问两个女儿。

"我尝了一口，山姆先生，我不需要吃很多。我又有点发烧了，一点都不觉得饿。"尼丽疲倦地站起身，"你们接着吃吧，"她说，"我到前阳台去歇一会儿，外面有新鲜空气。洗碗之前，让我稍微歇一会儿。"

"让我们来洗好了，尼丽。"凯特说道。

"哦，好吧，宝贝，我会检查一下屋子，看看落了哪些东西。"尼丽颤颤巍巍地走着，一会儿看看厨房，一会儿看看卧室，一会儿又看看客厅，看看前阳台。她走到哪儿，牢骚就发到哪儿。他的两个女儿一直默然，等到尼丽把客厅门关上，她俩才开口说话。

"爸爸，"凯特尽量控制着情绪说道，"您知道我们的感受吗？"

他喝了一口冰茶，说道："应该知道一点儿吧。"

"我们昨晚才打扫过厨房。"

他尝了一口奶油土豆，土豆上满是厚厚的奶油，"哦，是吗？"

"我不知道凯莉怎么想的，反正我受不了尼丽，她总是一副高高在上的样子。"凯特愤然道。

"我也一样，"凯莉尽量压低声音，"但是，我们还是得忍受，每时每刻都不得不忍着。"

"你们应该把真实感受告诉她，"他向两个女儿建议道，"这豆子味道不错。"他加了一句。

"好吧，我说不定会告诉尼丽的，可能那样做是对的——"凯特鼓起勇气说道，"也许到了我们其中一人向她摊牌、把话挑明的时候了。"

"她出去了，我想可能在前阳台那里。"他说。

"您认为我不会去找尼丽谈，对吗？"凯特对她父亲说道。

他喜欢凯特眼中迸发出的那种骨气，她是个有个性的孩子，和她母亲一个脾气。过了一会儿，他对凯特说道："随便你吧，你自己决定。"

"如果需要，我陪你一块儿去。"凯莉怯怯地说。

凯特叹了口气，她用湿布擦着已经很干净的灶台，嘟囔道："那你真是帮大忙了。我相信，等咱们找到尼丽，一旦开始谈，她肯定会失声尖叫，好像我们在用皮带抽她一样，然后你就哭起来，事情就这么不了了之。"

"那好吧，当我什么也没说。"凯莉不甘示弱地反驳。

"别生气，"凯特说，"我不是针对你，我在说尼丽，尼丽就是这样的人。"

"你们两个总是为无关紧要的琐事争执，"他说，"尼丽做了什么糟糕的事？"

"尼丽反复强调说您快饿死了，好像我们从来都不关心您似的。"凯莉哼了一声，语带哽咽，像是受了莫大的委屈。

"哦，是我告诉她我很饿的。"他说。

"爸爸！"

"凯莉，爸爸开玩笑的，他肯定没说过，"凯特答道，"你知道尼丽那人。"

"我不喜欢尼丽那样想。她会告诉所有人我们从不关心您，您知道尼丽会怎么说，她总是指手画脚，好像别人都不知道该怎么做似的。"

"她不会谈论任何有关我们的事。"凯特说道。

"她对每个人都是这样,"凯莉争着说,"你为什么觉得她不会谈论我们?"

"算了,没人会在意的。"凯特说道,她坐在桌旁,从大碗里挑了些食物到自己的盘子里,"爸爸,那只狗怎么样了?我记得您说过它好像离开这儿了。"

"我想还没有,"他说,"昨天它又出现了,今天早上又来过这儿。"他看了看凯莉,"你吃饭了吗?"

"我把孩子们找回来再吃,他们都在外面玩儿。"凯莉从厨房门走了出去,他听见她在召唤孩子们回来吃饭。

"爸爸,为什么我们每个人都说没瞧见那只狗?"凯特好奇地问他。

"我也不清楚,"他肯定地说,"但那只狗就在这附近。"

"我并没有说它不在这儿,爸爸,我的意思是——"

"你就是这个意思,"他说,"我知道你怎么想。你觉得我看到了一些虚幻的东西,觉得我得了老年痴呆症之类的病。你就是这么认为的。"

"爸爸,不是这样的,我根本没这么想。您知道流浪狗是什么样的,它们无孔不入,到哪里都是偷偷摸摸的,但是它们不躲人。"

"这只狗就躲人。"

"为什么?"

"我怎么知道？可能有人打过它吧，看起来不像是附近的人打的。"

"也许吧，"凯特叹了口气，"您不觉得那是只疯狗吗？您想让诺亚早上来，就是为了等那只狗出现？"

他摇摇头，"如果那只狗是疯狗的话，它就不会一再出现了。如果它仍执著地待在附近，也许我们就该给它活下去的机会。如果它可以独活而不妨碍到别人，就没必要杀了这只狗。如果它吃过苦受过难，情况就更不同了。"

"您这样说，好像这只狗活不长了。"

"未必如此。"

"那好吧，爸爸。"

他知道凯特不相信他的话。

6

前一晚入睡前，他告诉自己要早醒，当然，他也确实在黎明前就醒来了。他像平常一样在黑漆漆的厨房里做早餐，除了麦片粥还加了一根热香肠。吃饭的时候，他特意剩了一些，然后将残羹放在碗里搅匀，置于阳台的石阶上。他觉得，或许白狗是最后一次在这儿出现了，而且，他也不想留剩饭。

他冲了个热水澡。接着，在东方露出鱼肚白之后，他穿上工作服，外出散步。借着熹微的晨光，他穿过草坪，来到从厨房窗户就可以看到的那一排排玫瑰中。那是她种在那儿的，就种在篱笆墙边。她看着那些玫瑰一天天成长，从含苞待放到完全盛开。她喜欢玫瑰，也喜欢黄色的水仙和郁金香。他费了好大劲儿才气喘吁吁地摘了满满一篮子的玫瑰，再一路蹒跚着回到房里喝咖啡。

他从后门出来，放在台阶上的那只盛着早餐的碗依然是满的。他漠然地耸了耸肩，走向卡车，再把拐杖塞进副驾驶座，身旁放上他做园艺时使用的锄头。随后，他把花放在后座上，又艰难地把身体挪到驾驶座上。他看到附近两个女儿的房子还是黑漆漆的。他想，过一会儿，灯就会亮了。他静静地微笑，他知道当他发动卡车时，女儿屋里的灯光就会亮起，她们就会叫醒各自的丈夫出来看看怎么回事。他知道凯特会怒气冲冲地命令诺亚，凯莉会立即打电话给凯特，担忧地问她发生什么事了。他转动钥匙，挂挡、踩油门，马达立即发出低沉的轰鸣声，仿佛准备着发动攻击。随后，车子剧烈地抖动起来，"别在这个时候给我找麻烦！"他大声喊道，再踩离合器、换挡、松离合器，卡车便向前方急冲出去。他看见两个女儿房间的灯同时亮了，他猛踩油门，卡车猛烈地颤动了一下，好似要跳起来一般，他紧紧贴着椅背，大叫道："好样的。"

到了山脚下，周围是一片核桃林。他向着下一座山的方向行进，只是视线有些模糊。他打开车灯，但也没派上多大用场。"我应该带霍特来帮忙看路。"他一边自言自语，一边放慢车速。其实他也用不着车灯，他在这条路上走了50年，对它太熟悉了，只须注意一下路两旁的水沟就成。现在，卡车行进迟缓，他在考虑要不要换挡，最后还是放弃了，别害得车子抛锚。他看着窗外，惊奇地眨了眨眼——那只白狗，此刻正在路边优雅地蹲伏着。它身上那白色的毛，就像是燃烧的星辰一样，起起落落，若隐若现。现在，白狗向他奔来，一路紧紧追随他。"你还在这儿呢，"他柔声道，"是的，我看见你了，我看见你了。"方向盘剧烈地抖动着，让他感到手心痒痒的。这感觉真好，他和卡车，两个老家伙被一只没人看得见的白狗追着。

他在乡间小路上行驶着，把车一直开到了陵园。他试着看了看脚下的路，别开进水沟里。他望望白狗，但白狗很快就从视线里消失了。他想，或许它跑累了，但是等我回去时它肯定在那儿，它会悄悄地在周围觅食，等待着我把那只空碗重新装满。

在陵园，黎明迎来了第一线曙光。他扛上锄头，一边用拐杖平衡好身体，一边清理掉附近的杂草，直到那块地皮变得整洁为止。接着，他跪在妻子和长子的墓前，用手抚平面前的沙土，把采来的玫瑰分成两束，分别置于他们的坟前。他想，我从没有在儿子坟前放过花啊，从来没有，这原本是她做的事。每当此时，我总是后退一步，让她来放置鲜花。

长子的死是她一直无法释怀的痛。她曾经非常执着地整理儿子的墓，他想拉住她，她却悲痛欲绝地推开他。这是他俩之间唯一的芥蒂：她为长子的离世而责怪他："他那么小你就让他自力更生，"她说，"这对他来说太残忍了，太残忍了。"

他触碰到儿子坟前的小土堆，一行浊泪缓缓而下，禁不住放声大哭。他将双手深埋进土堆里，似乎想触摸到曾经放手不管的儿子。

他不知道自己在陵园到底待了多久，也不知道他在两块墓地中间坐了多久。天亮了，太阳从树丛中缓缓升起，照亮了四周，天空呈现出美丽的灰紫色。在附近的高速公路上，汽车熙熙攘攘地开始进城。他看着墓碑，上面醒目地刻着他的姓氏：皮克。他的名字、妻子的名字、长子的名字却是用小一点的字体镌刻。名字、日期、格式如同日记中的一样。他看着自己的名字：罗伯特·塞缪尔·皮克，生于1892年10月16日，空白之处留着以便记载他的西去之日。他想快了，快了。

他扛起锄头提起花篮，拄着拐杖小心翼翼地回到卡车上。那只白狗正伏在卡车附近的一棵树下，望着他。当他打开车门的时候，他看见了白狗。"你是不是找到我了？"他问它，随即静静地关上车门，向白狗伸出手。"过来，过来，你不如出来，不要躲着人。"

白狗呜咽着，低下头，但是却没动。

"过来吧，"他催促道，"我不会伤害你的。你有你的自由。你一路上都在追随着我，对吗？我猜这对于你来说一定很容易，你只要沿着车胎的痕迹跑就行了。"他轻轻吹了声口哨，白狗缓缓地往前挪了挪，费力地用前爪撑着地。"没事儿的，"他说，"随便你。我的拐杖已经放在副座了，我就不下车了。你是想来我这边的，你能来，但我是不会去你那里的。你有四条健全的腿，我只有一条。还是你过来吧。"他弯曲那条好腿，蹲下来，用右手扶住车的门把手。"过来吧，"他对白狗说，"你觉得我会求你吗？你错了，在我的腿支撑不住之前，你有一分钟时间考虑。"

白狗慢慢地移动前腿，俯下身子。它抬起头，发出呜呜的声音，然后向前爬去。接着，它站了起来，走到他的跟前。"很好，"他静静地说，"你还要走近一步，最好别咬我。要是你敢咬我，我就用锄头抡向你的脑袋。"

白狗把鼻子伸向他的手指，碰触了一下，然后向前跨了一步，把下巴放进了他的掌心。"好孩子，好孩子，"他戏谑道，"真是个听话的小丫头。"

他把手伸向白狗的腹部拍拍，再次说道："你是个好孩子。"

漫漫长夜，他独自一人难以入睡，便在日记中写道：

今天，是妻子克拉去世三周的日子，她 75 岁了。去世那天，她在休息室和老人们待在一起。她一直很想当护士，所以花时间和那些需要陪侍的人在一起，也相信自己已经成为了一名护士。如今我孤身一人，开始理解当初她的存在对那些老人的意义。今早赶在天热前，我去陵园看望了克拉和托马斯的墓，分别在他们的坟前放了玫瑰。这是我第一次在儿子坟前放花。我知道克拉一直这样做，她喜欢在儿子的坟前放上鲜花。在陵园时，我非常想念他们，根本无法自禁。如果上帝愿意，我真想早点和他们重逢。后来，我居然找到了那只白狗。它跟着我去了陵园，并且万分紧张地靠近我。我想把它放到副驾驶座上，但是它不肯。我觉得，它还是心存一些芥蒂的。我仍然不清楚为什么这只狗不让其他人看见它，但我不会怀疑它的目的。霍曼在雅典①的时候买了些炖肉的汤料，夫妻俩做好带来给我当晚餐吃。夏天到了，天气变得越发炎热，我喜欢这个季节。已经有一周没下雨了。

①此处指美国俄亥俄州的雅典市，而非希腊的首都雅典市。——译者注

7

每日阅读报纸上的讣告以及准点收听来自医院方面的新闻报道是他的习惯。渐渐地，那些相识七十多年的人陆续离世的消息已不再让他感到惊讶。"他们都走了，"他对孩子们说，"现在剩下的没几个人了。还健在的，也不是和我一起长大的人。可我已经释怀了。毕竟，我都四十多年没见过他们了，终究见不到的话，也就罢了。"

然而，当他听到海蒂·路易斯的死讯时，他还是受到了沉重的打击。

"我猜你会说她是我的第一个女朋友，"周末的时候，小儿子詹姆斯过来看他，他向詹姆斯坦白道，"她婚前叫海蒂·凯瑞，当然，我们那个时代的爱情并不像现在这样开放。我们什么也没做，只是拉拉手罢了。记得有一次，我送给她一把梳子，所有的男孩子就都认为我恋爱了，但从此以后我再没跟她说过一句话。"

"爸爸，这听起来很像爱情啊！"詹姆斯开玩笑说，"妈妈知道您的这段往事吗？"

他大笑了起来，渐渐笑出了眼泪："上帝啊，孩子，你妈她不知道。她要是知道，肯定会大发脾气的。我那时候才多少岁来着？十二岁吧？也许是十三岁，很久之后才遇见你妈。"

"我觉得她肯定会大发脾气。"

他再次大笑起来。他喜欢小儿子。家里人无伤大雅地打趣说，詹姆斯是他们两人激情的偶发物，是中年生活中的惊喜。这话说得也有道理，詹姆斯的出生也极具戏剧性。克拉怀孕前做了个梦，梦见自己将怀上个男孩，这个男孩将会代替死去的长子来到他家。从她确信自己真的怀孕了开始，她就一直向他宣称，"我会生个男孩。"

笑过之后，他记起詹姆斯从亚洲回来的那天，比预期时间还早了一个星期。当时，他正在南北战争公墓附近的农田里劳作，一辆车停在了马路上，詹姆斯走下车，穿过马路和父亲拥抱。两人计划要给克拉一个惊喜——在他绕着弯子和她说话的时候，詹姆斯正好绕过房子从后门悄悄进来。

在房间里，他对她说，"如果你有机会实现一个梦想，你想实现什么梦想？"

"我不明白，什么意思？"她问。

"你有什么想要的东西吗？"

她狐疑地看着他，"不知道，一辆新车吧。为什么这么问？"

"就这些？你只想要辆新车吗？"

"嗯——"

"仔细想想，想你所能想到的任何事。"

忽然，她两眼放光，慢慢地，泪水溢出眼眶，嘴唇轻颤："我想看看孩子。"她温柔地说道。

那一刻，那一瞬间，詹姆斯穿过后门来到她的身后，说道："嗨，妈妈。"

思及此，一股寒意向他袭来，他的笑意僵在嘴角。她当时抱着小儿子，脸上是他从未见过的喜悦。

"是哦，爸，我真觉得妈妈会大发脾气。"詹姆斯又说了一遍。

他呷了一口自酿的葡萄酒，意识到自己喜欢和詹姆斯待在一起还有另外一个原因。他可以和詹姆斯一起共饮却不会觉得不自在。詹姆斯不是牧师，他是美国烟酒火器管理局的调查员。

"海蒂后来嫁给了尼奥·路易斯，但这桩婚姻很痛苦。那个家伙是个十足的傻瓜，他总是干蠢事。"他一边说着一边点头，表示对自己的回忆很认可，想着想着，嘴角也渐渐上扬起来。"儿子，我们还在上学的时候，有一次需要背诵一首滑稽诗，我们的老师米尔·百丽老太太把尼奥叫起来，对他说，'尼奥起立，背首诗给大家听听。'现在回想起来，我都觉得历历在目。尼奥站在书桌旁边，我记得他说：'啄木鸟啄木，啄木鸟啄木，啄木鸟啄门柱。啄呀啄得好用力，啄木鸟痛毙。'"回想起当时的场景，他突然大笑不止，直到笑出眼泪。

"听起来他好像个活宝，爸爸。"詹姆斯说道。

"有一次，米尔·百丽老太太试着向我们解释人类也属于动物中的一种，尼奥偏要跟她抬杠，声称他一点儿也不相信老太太的话。他说母牛属于动物，可他却是人。米尔·百丽老太太就说，'尼奥，我和一头母牛有什么区别？'于是尼奥说：'母牛有四条腿，您只有两条。'"说到这里他再次大笑起来，泪流满面。他用手擦干眼泪，说道："没人知道海蒂怎么会看上他。"

"爸爸，我带您去殡仪馆看看她好吗？"小儿子詹姆斯向他建议。

"也行，"他说，"我们去吧。不过出发之前，我得去理个发，再去杂货店买点东西。"

当他拄着拐杖慢慢穿过草坪和门廊，和詹姆斯一起来到殡仪馆的时候，大厅里已经有六个人，正坐在摇椅上。这些人安静地坐着，他们的表情淡然，似乎来这种场合已是习以为常了。詹姆斯很惊讶父亲竟然认识他们，他们也认识父亲，而且父亲的到来让那些人很兴奋。他们彼此颤巍巍地握手，朗声笑着，一起追忆似水年华，因为沉醉于往昔的逸事中而突然变得激情四射，年轻又有活力。

"海蒂的事真是太遗憾了，"他说，"我昨天听说了她的死讯。"

"她是一个好女人。"其中一人同情地说道。这人想了一会儿，又说："我好像记得你和她好过，山姆。"

"哦，对，"另一人说，"我们那个时候多大？10岁，11岁？"

"上帝啊，"他面露轻松，转身对儿子说，"我们70年后相聚，这些人还改不了八卦的毛病，孩子。"

大家乐呵呵地笑了起来。

"尼奥怎么样了？"他问道。

"他没事，"一人感慨道，"他会想念海蒂的，这是肯定的。我估摸着这个女人降住他了，老天知道，确实是这样。"

"别以为尼奥像以前那么傻。"他说。

大家彼此心照不宣，再次相视而笑。"他本来很傻，"其中一人说道，"一直都是。海蒂改变不了他，她只是让他改进了一些。"

"我很久没见到他了，大概有十五二十年？"他说，"那时候我还在农业局，开会的时候见过几次面。尼奥永远都是傻乎乎的，但是每个人都喜欢他。有次我们一起去纽约开会，结果他自己在百货公司迷路了。他在这里吗？"

那些人忽然变得严肃起来，"在里面，几分钟前他的两个女儿和孙子还在这儿，刚走。"

"我想我该进去看看海蒂。"他说。

"很高兴见到你，山姆。"其中一人对他这样说，其他人也纷纷附和。

"我们这些老家伙应该时不时地聚一下！"有人建议道。

"我们原来都没聚过，"另一人补充说，"哪怕有人去世，我们都没聚过。我们就只会坐在这些摇椅上，空等自己的死期。"

忽然，有人大声笑起来，笑得禁不住开始剧烈咳嗽，连连喘息。"我们这个圈子一年比一年小了，"他边喘气边说道，"总有一天，会只剩一个人坐在这儿。"

"是啊，到时候那个人肯定老得话都说不清了。"另一人说，"只是坐在这，双目无神，任凭口水流到衬衫上。"他咯咯地笑，继续道，"当然，那肯定不是我，我保证。"

"我们迟早都会到那个地步的。"山姆意味深长地说。他向大家点头示意，大家也随即点头表示同意。然后，他拄着拐杖，詹姆斯紧随其后和他一起走进了殡仪馆的内间。

詹姆斯登记了父亲和自己的名字，向一位年轻女性询问放置海蒂·路易斯遗体的房间。"第一间就是。"这位妇女把头一偏，冷冰冰地答道。

房里只有尼奥·路易斯一人陪着海蒂·路易斯的遗体。他坐在棺材附近的折叠椅上，身体前倾，肘部撑在膝盖上，看上去像是在祈祷，但他听见了拐杖触地的声音。他抬起头，过了一会儿，试探地问道，"山姆？"他禁不住站起身，"山姆·皮克？"

"是我，尼奥。这是我的儿子，詹姆斯，他开车送我来的。"

尼奥走上前，和他俩握手，"你能来这儿真好，山姆，你真的太好了。"

"听到海蒂去世的消息，我很难过，尼奥，"他轻声说，"昨天在报纸上读到的消息，广播里也播了。"

"这是意料之中的事，"尼奥说，"虽然难以接受。"他停了一下，"我听说你妻子去世了，是怎么一回事？几星期前吗？海蒂那时候病重，这些天我一直过得都不好。"

"我妻子已经走了几个星期了。"他说。

"跟我一起来看看海蒂吧，山姆。化妆师把她化得很漂亮，给她扑了粉。她生前可不会把钱花在打扮上。"

他走到棺材前，静静地朝里看，看到了海蒂安静的脸。她已经被修过容，仪态安详，似乎临死前正在想着什么开心的事儿，这微笑就这么凝固了下来。他仿佛看到了那个少女时代的海蒂，看到了她从他手上接过梳子的样子。

"尼奥，她看上去很漂亮，"他说，"真的很漂亮。"

"那些人确实把她装扮得很漂亮。"尼奥自豪地说。

"她是个好女人。"

"其他人都比我好，山姆，可是海蒂却包容我。上帝啊，她经过了怎样一番努力。啊，她和克拉都活着的时候，我们却没肯定过她们。"

"你说得对。"他说。

"我真后悔没对她说过一句赞美的话。"

"葬礼什么时候举行？"他问尼奥。

"明天下午两点，在萨迪斯陵园外。我和海蒂每次去教堂做礼拜的时候都会经过那个地方。几年前，海蒂病了没多久，我们就在那买好了墓地。"

"我会尽量去参加葬礼的，尼奥，"他说，"你知道，有时到了星期天，身边总有人在。"

"我明白，你不必强求。你能来这儿我已经很高兴了。"尼奥说着，又看了看躺在棺材里的海蒂。"海蒂也很高兴，她一直都羡慕你有一个那么幸福的家庭，还有当牧师的儿子。"他转向詹姆斯，"这就是其中一个做牧师的吗？"

"不是我，"詹姆斯微笑着答道，"做牧师的是我的两个哥哥。"

"嗯，孩子，不能所有人都当牧师，"尼奥说道，"要是所有人都是牧师，谁还听牧师传道？我想我又开始说教了，对吗，山姆？"尼奥打趣地说。

"我从没见过你做无意义的事，尼奥。"他说。

"是啊，我从没尝试无意义的事。但只要有人跟我打赌，我就没法置之不理。"尼奥说着，向詹姆斯靠了靠，低声对他说，"事实上，你父亲就是那个经常惹我打赌的人。"

"真的吗，爸爸？"詹姆斯问他，"您总给路易斯先生惹麻烦？"他看见父亲的脸红了。

"我可不记得有什么打赌的事儿。"他说。

"你还记得米尔·百丽老太太吗？"尼奥问道。

他点点头，微微清了清嗓子。他总是在感觉不自在的时候，或是想提醒别人记住某事的时候轻咳两声。

"有一次你爸爸写了首诗给我，"尼奥对詹姆斯说，"他和我打赌，激我在班上念了出来。米尔·百丽老太太听了之后气坏了。你应该找个时间让你爸告诉你这件事。"

詹姆斯微笑着说，"我会的。"

"好的，我们该走了，尼奥。"他说。

"无论如何，很高兴你来了，山姆。"尼奥庄重地说，神色落寞。

"你也要来看我啊！"

"我会的，山姆，我保证，我喜欢有个人互相陪伴。"

夜晚，他惬意地坐在扶手椅上，和小儿子詹姆斯分享他的葡萄酒，聊到很晚。他聊起尼奥·路易斯，发誓称尼奥纯粹在瞎编，那首诗不是他写的。他还聊起了殡仪馆大厅里那些人，聊起了绛车轴草节和国庆日的庆典。詹姆斯惊讶地听着，因为父亲平时极少谈论年轻时候的往事，今天却一反常态对他说了这么多，他便让父亲多聊点这些事。

待他感到疲倦时已经是午夜了，他倒了最后一杯酒，问詹姆斯："孩子，你的哥哥姐姐告诉你关于白狗的事儿了吗？"

"告诉了。"

"你姐姐以为我在编故事吧？"

"我猜她是这样想的。"

"哦，我可没有，"他有些不悦道，"我也不知道白狗为什么不让别人看见它。"

"别再想这件事了，爸爸。"

"这是我见过的最奇怪的事，"他说，"不知道它是打哪儿冒出来的。昨天我路过草地，想看看诺亚的牛是不是出来了，结果那只狗躲在那儿，看起来还挺健康的。它飞快地跑过来，把爪子搭在车门边上。我那时口袋里正好有一块饼干，就喂给了它，它把整块饼干都吞下去了。"

"是吗？"

他轻松地笑起来，"如果我没看见这只白狗，我也会和你一样，觉得自己不正常。"

"没人觉得您不正常，爸爸。"

"我知道，孩子，只是我老了，就是这么回事。老了也就意味着不正常。"

"爸爸，您该歇息了，"詹姆斯对他说，"现在很晚了。"

"我马上睡。你走吧，我还要在这儿坐几分钟。"

"好的，爸爸。"

他从书桌的抽屉里拿出日记本，找到灌了红墨水的钢笔，开始写这一天的日记：

> 我和詹姆斯待了一天，彼此都很开心，所以聊到很晚。詹姆斯带我去剪了头发，花了 1 美元 50 美分。之后又去杂货店买了一些日用品，花了 13 美元 83 美分。接着，我们去了殡仪馆，瞻仰了海蒂·路易斯的遗容，她于两天前死于癌症。海蒂是我年少时期很特别的朋友。我还和尼奥·路易斯聊了一会儿，他是海蒂的丈夫，也是我读书时的玩伴。在那里，我还遇到了其他几个故友。看样子每几周就会有故人离

世，不久我们自己也会西去，所有的一切都将留给年轻的一代。今天和詹姆斯在一起，天也不热，真是个愉快的日子。我到现在还没再看见白狗，但是会继续给它留食物，希望它不久就会出现。我在想，自己是不是开始变得不太正常了？

8

伴随着一阵突如其来的西风，夜晚开始下起了大雨。尽管昨天他与小儿子喝了点酒，非常疲倦，睡得很安稳，可到了第二天，他还是一大清早就起床了。他来到厨房，将凯特前些天做的饼干热了一下，又烤了一根香肠，用牛奶做了些调味汁，然后叫醒詹姆斯起床吃早餐。

"对于海蒂的葬礼来说，这真是一个糟糕的天气。"他看着窗外的雨密密麻麻地敲打着屋檐，水花四溅。"我想我可能去不了了。"

"天气真糟糕，您还是别出门了。而且，劳丝和泰博今天都可能过来吃午饭。"詹姆斯不太赞同他冒雨外出。

"她只是说他们可能会来，现在还说不准呢。他们有个孩子生病了，过来的路也才刚刚修好。"

上午十点左右，詹姆斯启程返回他在南卡罗来纳的家，劳丝打来电话说她和泰博中午不过来吃午饭了。对此，他并没有感觉到失落。在与儿子一起相处的这两天里，他悠闲地讲着过去的故事，即使不睡午觉也照样神采奕奕，他自己都感到惊讶。他听着窗外淅淅沥沥的雨声，心情无比舒畅，闭上眼睛，不一会儿就发出了鼾声，甚至忘记自己还没有服药。啊，真是一个适合睡大觉的好日子呀！

　　醒来后，他收听了广播电台的一个教会布道节目。这次是一个浸信会，牧师在慷慨激昂地痛诉那些国外异教徒们的贪婪，使得石油泄漏，污染了美好的家园。在那一瞬间，他突然联想起儿子站在神圣的讲道坛上，指引着人们感受万能的主带来的恩泽。他很少去教堂，尽管他遵守安息日的规则，也能自我约束，而且对世间的神迹都深信不疑。他对自己说："我应该继续去教堂，而且做牧师的儿子一直对我不去教堂这件事耿耿于怀。如果麦迪逊的浸信会教堂还在的话，我可以去那里做礼拜。"他曾陪克拉去那里参加过教会的活动，但那已经是六十年前的事了。

　　电台里的牧师呼吁每一位听众捐献五美元，如果捐不出至少也要力所能及地有所表示。他宣称，要维护天堂的永恒与活力，钱是不可或缺的要素。同时这位传道士承诺会赠送每人一本写有特殊内容的小册子，帮助每一位正徘徊在人生边缘的迷途者。他把牧师的名字和电台的地址抄在了一个信封的背面。

　　他打开《圣经》——这是爱玛送给他的礼物，他小心翼翼地收藏着。之后他翻到《创世纪》那部分读了起来。他读了两章，其中有一章是这么写的：

当时夫妻二人赤身露体，并不羞耻。

事情就理应如此，他想，但遇到蛇后一切都改变了。
他翻到第一章，细细地将第十一节读了好几遍：

神说，地要发生青草，和结种子的菜蔬，并结果子的树
木，各从其类，果子都包着核。事就这样成了。

这一点《圣经》里说错了。果树根本不是这样长的。要得到
某种特定的果子，只能通过嫁接。就算你把伊甸园里的智慧果的
种子埋进土里，也不能期望它能结出和原来一模一样的果子。你
唯有从母树上选取合适的芽条，将它埋进要嫁接的树苗里，才能
种出智慧果。不过《创世纪》的内容也很有道理。毕竟，苹果树
必然不会长成山核桃树。有机会他要和做牧师的儿子好好探讨一
下这个问题，看看是不是很多文字在翻译的时候被删掉了。当然
他还有一大堆问题想和儿子讨论。

亚当给天地万物命名，如果他一个一个地起名那得花多少时
间才行啊？这天地间的物种数不胜数，说万物被亚当命名，那只
是一个好听的故事罢了，并不真实。又比如说，诺亚将每个物种
都保留了一雄一雌，置于方舟中——谁会相信这个传说呢？他得

准备一艘像肯塔基州那么大的巨型方舟才行，即使那样里面依旧会拥挤不堪。还有那些生物的饮食问题怎么解决？还得要有储存食物的地方啊！哦，算了吧，别较真了，它也不失为是一个充满梦幻的美好故事。小时候他很喜欢这个故事，经常听主日学校的老师们讲神在远古时代的事儿。

他跳过了第三章，知道这章是关于蛇和苹果的故事。夏娃引诱亚当偷吃禁果，之后他们彼此对望，意识到自己是裸体，也明白男女身体有别，就有了羞耻之感。上帝知道后非常震怒，将他们赶出了伊甸园。他记得该隐和亚伯的恩怨情仇，知道第四章该隐亲手杀死了自己的弟弟亚伯。他查看了该隐的子孙们：因诺奇、爱兰德、米户雅利、玛士撒利、拉麦……都是些非常绕口的名字。这当中还有一个问题：该隐的妻子究竟是从哪里来的？按照《创世纪》里的传说，亚当和夏娃才是地球上的第一对人类，难道上帝在别的地方也制造了很多"第一人"？那《圣经》里为什么没有交代他们的归处？《圣经》很有可能把他们写丢了。他们活了那么长那么久，800 年甚至 900 年。拿玛士撒利来说，他整整活了 969 岁。

他随手翻到第十九章的某一页，看到里面的一段话：

那两个天使晚上到了索多玛。罗得正坐在索多玛城门口。看见他们，就起来迎接，脸伏于地下叩拜。

索多玛，他想着索多玛城和俄摩拉城。他知道这个故事。索多玛城和俄摩拉城这两个城市的人很邪恶，放纵自己的欲望，上帝因此震怒，于是让使者告诉罗得，他决定要毁灭这两座城市，让罗得带着他的家人赶快离开，但途中千万不能回头，结果罗得的妻子忍不住回头看了一眼，就变成了盐柱。一位麦迪逊农业机械学校的教授就提过，罗得太太可以算得上是人类史上最早的盐矿。想到这，他不由自主地笑起来，然后继续顺着章节往下读，结果被第 31 行和第 32 行的文字惊得两眼发直：

大女儿对小女儿说：我们的父亲老了，地上又无人按着世上的常规进到我们这里来。我们可以叫父亲喝酒、与他同寝。这样我们好为他存留后裔。

他把这一章都读完，一直读到罗得的女儿怀上他的孩子才合上书。他很想找儿子探讨一下罗得女儿的这种做法。如果有人认真追究，那他肯定会认为整部《圣经》就是一部肮脏、阴暗的故事合集。他默默地想着，或许这就是人们为什么那么热衷于讨论它的缘故。再接着读之前，他必须弄清这个问题。虽然他不去教堂，但他对神的无所不能一直深信不疑。不然，他该怎么理解万物的生长呢？他可以通过嫁接种出自己想要的果子，但他无法让树枝突然长出叶子来，让叶子像绿色旗帜一样在风中摆动。他做不到。

邮差送来星期天的报纸，还特地为他送进屋子里，他心想一定要把这件事写进日记："这个邮差是个好心人，知道我走路必须依靠拐杖……"或许他会写一封表扬信寄给报社，表扬一下那位热心助人的邮差先生。今天的报纸平淡无奇，没有什么让人提得起劲儿的新闻。报纸上登出的讣告名单中的人他一个都不认识，但他似乎听说过其中一位来自安德森的名叫金·温尔伯顿的人。说不定这位金·温尔伯顿先生从他手上买过树苗呢。他找出他过去十年的销售记录，翻阅用复写纸复写下来的售货单，却没有找到金·温尔伯顿的名字。

直到午饭后（午饭吃的是罐头汤）他才想起白狗来。他将剩的早餐搅拌在一起，盖上一层凝结的牛奶调味汁，然后来到后阳台，打开门将碗放在门廊上，以防淋到雨。

外面的雨始终未停，厚重的云层如焦油一样漆黑。他想知道詹姆斯是否安全通过了那些湿滑的泥土路，又想到海蒂的葬礼。他从衬衣口袋掏出手表仔细看了看时间，差不多快两点了，葬礼快开始了。他心想葬礼会不会延期，但应该不太可能。推迟葬礼就像一件本来已经结束了的事突然又被翻了过来。然而，他还是在心里默默地想，如果是我的葬礼，我希望能是一个阳光明媚的日子，希望能有阳光陪着我一同被埋葬。目光穿过积水的庭院，他不由得想到——白狗从来没有在阳光普照的日子出现在大家的面前。

他坐在书桌旁的椅子上，听到庭院里传来一阵呜咽的声音。他飞快地站起来，几乎是"噌"的一下，带起了髋部那儿的疼痛。

他赶到庭院里，看到白狗站在空碗旁。"果然是你回来了。你知道我一个人在家，对不对？"白狗发出呜呜的声音朝他奔过来，温顺地接受他的抚摸。

"你跑到哪里去了？你没有被淋湿，是待在仓库吗？你躲在什么地方呢？"他所说的仓库离院子不远，只有几步路。"快点进来，今天就陪陪我吧，这里不会有别人！"他返回厨房，白狗听话地跟在他的后面。"我想你吃完大餐之后应该会想喝点儿水。"他一边说，一边倒了些水在碗里，然后将碗放在白狗的面前，看着白狗舔着，感叹道："我多希望能有一部相机，这样我就能给你拍张照片，证明你的存在。"

白狗盯着他看了一会，然后踮起后腿，前爪搭在他扶着的拐杖上。他突然笑了起来，喃喃自语道："我才不会那么做呢。"他拄着拐杖小心翼翼地往后滑了一步，白狗随着他的步伐转动，前爪还是搭在拐杖上。"我才不会那么做呢，"他又重复了一遍，"我还是第一次和一只狗跳舞，你的表情看起来并不是很高兴，对吗？"白狗发出了一阵呜咽。

他和白狗在房间里待了整整一个下午，白狗躺在他的身边，枕着自己的前爪。当他移动身体时，他感觉白狗的眼睛正盯着他。他想："我可以把白狗关在房间里，再把女儿们叫过来，让她们亲眼看看它的样子。这样，她们就不会再说我疯了。"但他知道自己不会这么做，因为让不让人看见该由白狗自己决定。而且，现在这是他与孩子之间的一场游戏。没有人相信他的话，他们会在互通电话时说:"或许这屋子他一个人住太空荡了,或许我们应该调整一下,安排人去照顾他。"

他们都不相信他的话,这曾让他愤怒。现在,他只觉得很有趣。

黄昏时分,雨渐渐变小了,只剩一层蒙蒙细雨。他给尼奥·路易斯打电话询问海蒂葬礼的事情。

"我们还是如期举行了,山姆。我从没见过这样的雨,一片灰蒙蒙的,我连墓坑都看不清,但我知道里面已经积了一半的水了。"尼奥答道。

"真抱歉我不能去参加海蒂的葬礼,没有人可以带我过去。"他告诉尼奥。

"还是别来的好,像我们这样年纪的人,这种天气压根儿就不应该外出。不过我会过去看你的。"尼奥说。

"我真高兴你想过来,尼奥,哪天过来看看吧!"他说。

"你也可以过来看我啊,山姆。"

"或许就这几天我就过去看你。"他回答。

凯特在日落前给他打了电话,几分钟之后,凯莉也打了电话。她们都邀请他共进晚餐,但他拒绝了她俩的邀请,推托说自己没什么食欲。但实际上他已经饿得前胸贴后背了。他决定烤一点新鲜的饼干,就着蜜糖作为晚餐。

他想,烤饼干一点儿也不难。他曾无数次地坐在餐桌旁,无数次地注视着橱柜旁的她麻利地捏着面团,看上去这活儿一点也不难。他知道她都用了哪些原料。

　　他站在橱柜旁，从面粉盒里舀了三杯分量的面粉放进木碗里，又加上两茶匙的烘焙粉末、一茶匙烘焙用的苏打以及一茶匙的盐，然后用手将其搅拌在一起。之后他舀了一勺能使糕点松脆的起酥油放进之前搅拌过的半成品中。他看了看，觉得有些不够，于是抓了一把起酥油放进去继续搅拌，结果面团变得又油又黏手。

　　白狗在中间房间的门口望着他。"你绝对想不出我在干吗，对不对？"他说道，"你是不是觉得我忘了要放脱脂牛奶？"他确实差点忘了，幸好和狗说话的时候想了起来。他拄着拐杖穿过房间，从冰箱里拿出脱脂牛奶，然后回到橱柜前，将牛奶倒在和好的面团上。"这些应该够了，"他肯定地大声说，"饼干也不难做嘛。"他将这团面粉、起酥油和脱脂牛奶的混合物完全揉开，结果面团像胶水一样黏在了他的手指上。"还得再放点面粉。"他慢悠悠地对白狗说，白狗好奇地侧着头看着他的动作。

　　他又继续揉了30分钟，又加了些面粉、起酥油和酸奶，直到他手指上的残留物都变干变硬才停手。之后，他在蜡纸上将这团混合物擀开，然后裁切成一小块一小块的。他数了数，总共可以做52块饼干。他有点吃惊地喃喃自语："我的天啊，我只是打算做两三块而已。"

　　这样做出的饼干根本无法入口。它们又平又硬，而且呈现出一种深黄色。他在白狗面前放了一块。白狗闻了闻，悲哀地看了他一眼就跑开了。"我说，你知不知道什么是好东西？"他喊道。他给两块饼干涂了些奶油和蜜糖，然后用小刀切了一块尝了一下味道。一入口，他就马上吐了出来，然后坐在桌边，哑然失笑。

她也会笑我的，他想。也许她会皱眉，认为我真是个笨蛋，居然把她做得如此熟练的事处理得那么糟糕。他决定让某个女儿来教他怎么烤饼干，这应该没有多难。

他处理掉这些饼干，然后为自己做了份香肠鸡蛋，还给白狗煮了个鸡蛋。清洗盘子的时候，他看到窗户下面透出汽车刺眼的灯光，便急忙挂着拐杖来到中间的房间，白狗正在那睡觉。

"快点过来，赶快趴到床下面去。"他对白狗说，打开卧室的门，挥手让白狗进去。白狗像是明白他的意思，飞快地跑到床边钻了进去。这时他听到后门廊传来敲门声。

"爸爸？"凯特的声音。

"我在这儿。"他回答道。

她走进中间的房间，端着一盘食物。"我给您带了些黑眼豌豆和番茄汁来，诺亚要我拿过来给您的。"

"把它放在炉子里吧，我刚刚已经吃过鸡蛋了。"他说。

她一脸疑惑地看着他："您还好吗？"

"我看起来不好吗？"他反问道。

"您看起来精神还不错，但是为什么待在这儿？"

"因为我打算睡了。"他飞快地说。

"这么早？您是不是不舒服？"

"我只是稍微休息一会儿，等下还准备看电视呢。"他回答。

"好的，我把东西放在这儿了。"凯特转身朝厨房走去。突然，她停住了脚步，"屋子里有股饼干的味道，您烤饼干了？"

"没有，我把你昨天留下的饼干加热了，所以味道散得到处都是。"

"我早上再带一些过来给您。"

"我也该学学烤饼干了，你可以过来教我。"

"您不需要烤饼干，爸爸，我和凯特就住在马路那一头，有什么事儿我们可以帮您。"

"可是，我想自己做。"他固执地坚持着。

"那好吧，我明早过来教您。"她说着进了厨房。他紧随其后。

"你有没有看到我养的狗？"他问凯特。

"没有啊，我没看到。"凯特头也不回地答道。

"或许它被淹死了，被大雨冲走了，这个小丫头。"他语气轻松地说。

"您怎么知道它是只母狗？"凯特不解地问。

"它就是只母狗。它在这儿陪着我，爪子搭在这儿，同我一起散步，还和我一起跳华尔兹。它就是母的。"

"爸爸！"凯特的声音听起来有些恼怒。

他在日记中写道：

这场大雨一直没有停，不过下午雨势稍微小了些。我错过了海蒂·路易斯的葬礼，主要是因为雨太大了没有人可以载我去。但是我今天过得很开心，因为大部分时间都在独处。白狗回到屋子里陪着我。它是一只判断力强、嗅觉敏锐的流浪狗。知道我把饼干烤砸了，它碰都不碰。今天，我又想起了克拉。自她去世以来，这可能是我最想念她的一天。以前每逢雨天，我就喜欢和她待在一起。我们刚结婚时住在坦帕，一到雨天我们就整日整夜窝在一起。我深深地爱着她。

这天晚上他梦到了七十年前的海蒂·路易斯。那是一个晴朗明媚的夏日，阳光灿烂夺目。他一个人站在教堂的空地上看别人玩游戏。教堂刚建成不久，是他父亲负责建造的。

"一起来玩吗？"海蒂问他。这个女生满头金发，眼睛如天空般湛蓝、笑起来散发出一种独特的味道。

"不了。"他表示拒绝。

"为什么？"

"只是不想玩，没什么特别的原因。"

"这座教堂是你爸爸建的吗？大家都说是他建的。"

他很自豪地点了点头。

"我爸说你爸爸死了，是去年死的。他说你妈妈也死了。"

他再次点了点头。

"没了父母的感觉如何？"

"我——我不知道。"

"我可不希望那样。换了我，会伤心死的。"她说。

"嗯，嗯。"

"你爸爸建这座教堂时，你帮过忙吗？"她继续问。

"我帮他捡过钉子。"

"过来一起玩吧。"她跑开，站在远处回头看着他，"过来呀。"

"我一会儿就来。"他说。他抬头看了看父亲建造的教堂，在这之前，他从来没有见过这么雄伟的建筑物，它看起来非常了不起。他能够想象父亲站在脚手架上敲打钉板，将其固定时的姿态和神情。他远远地听到海蒂的笑声，看到她正避开奥斯卡·毕顿博的攻击，还看到她的发丝在晴朗明媚的阳光下飞扬。

梦境画面忽然转到了下一幅。那是深秋的一天，层林尽染。校园的操场上铺满了及膝高的各色落叶。他将手上的梳子送给海蒂，她的眼睛清澈明亮，脸颊微微泛红，羞涩地笑着。后来他还听到奥斯卡问她："你从哪里得到这把梳子的，海蒂？你是怎么得来的？"

9

星期一，天空依然下着雨。他晚上睡得有些迟，早上起床时发现凯特正在厨房，边煮咖啡边看着前一天的报纸。

"爸，准备好了吗？我来教您如何做饼干。"凯特问他。

"哦，这并不是件很难的事情嘛。"他说。

"过来喝点咖啡吧，我马上教您。"凯特说道。

他看着凯特做饼干，并要她写下了制作步骤。凯特离开后他就按照步骤做了一遍，饼干的味道还不错。他觉得很有成就感，真的一点也不难嘛。他把牛奶与刚出炉的饼干倒在一起搅匀，放在门廊的台阶上准备给白狗吃。

天气有些凉了。上午晚些时候，他出门从卡车上拿出锄头，开始清理房子边角上的南天竹旁长出来的杂草。他感到精力充沛，干劲十足，宛如回到了少年时期。

当凯莉从房子里出来，穿过草坪来到他面前时，他正在一棵山核桃树的树荫下小憩。

"爸爸，这里太热，会待不住的。"凯莉提醒他，"您知道的，马上就要出太阳了，雨后的阳光会很灼热，您不能在这里待太久。"

"我很好，这里很凉快。"

"现在是很凉快，可太阳一出来就不一样了。"凯莉固执地说。

"我没打算铲平这里，不会费很长时间。我只是想趁泥土松软除掉些杂草。"

凯莉点点头，表示理解。她看着南天竹，渐渐有些忧伤起来。"妈妈很喜欢这些南天竹，"她的语气变得很温柔，"我记得小时候曾经弄坏了一株，为了这事，她还要我拿来弄断的花枝，然后用花枝打了我一顿。"

他听着凯莉的话，默默无语。

"凯特说她已经教过您如何做饼干了。"凯莉对他说。

"是的，我已经学会了，"他答道，"我想，换了是你就不会教我，你肯定认为我会弄伤自己。其实做饼干没什么，我以前经常做的。"

"那当然好啊，但是您可不能一天吃太多饼干。"凯莉说。

"别忘了，我还有只狗要喂。"他告诉她。

"我还以为那只狗溜掉了，爸爸。"

他看着凯莉，她似乎有些困惑，脸上浮现出同情他的表情。"哦？溜掉了吗？"他从庭院望向远处的草坪尽头的篱笆墙，"它就在那儿啊，篱笆那边。"

凯莉飞快地朝着他说的地方望过去，却什么也没有看到。"爸爸，那边没有狗啊？"

"很好，我们之中肯定有个人视力有问题，但那个人绝不是我。"他边说边呼唤着白狗，"过来，小丫头，过来啊。"

"爸爸，我真的什么也没有看见。"

"我的天啊，凯莉，它过来了，你看，多么显眼啊！"他大声喊道，向前倾了倾身子，恶作剧般地拍着巴掌，假装正有只狗朝他飞奔而来。他禁不住开怀大笑："看那边，"他说，"它的爪子就搭在我的拐杖上。"他抚摸着拐杖上方的空气，然后像托杯子一样举着双手，托着虚拟的狗头，"它是个很不错的小家伙。过来，对，现在，上前一步。好的，就这样，就这样。"他带着狗往前走去，"来跳舞吧。"他对着凯莉微笑，"你见过小狗跳舞吗？"

凯莉的脸顿时变得苍白，她的嘴唇紧紧地抿着，对父亲的行为感到害怕。"我，我要走了，爸爸。"她惊恐地喊道。

"你还没有看到白狗么，凯莉？"

"我，我要走了。"

凯莉转过身，飞快地离开了。她紧紧地抱住双肩，头耷拉着。他知道凯莉在想什么——他疯了，同时他也知道她会赶紧打电话给凯特，然后两个人会痛哭流涕，因为父亲居然产生了幻觉，看见一只白狗，而且还与它共舞。另外，他还知道她们会打给其他的兄弟姐妹："我们必须要拿出实际行动，爸爸的情况变得更糟了。"

他能想象孩子们彼此间的谈话内容。

"爸爸太思念妈妈了，都开始产生幻觉了。"

"老人家都是这样的。"

"他一定不会去看医生。"

"我们不能眼睁睁地着看他这样下去啊！"

翌日，他如往常一样扛着锄头去干活。凯特和凯莉告诉他，两人能看见白狗。

"你说得对，爸爸，我已经看见白狗了。"

"我能摸摸它吗，爸爸？您觉得它会让我摸吗？"

"你们两个怎么回事？"他说，"哪儿来的狗，我没瞧见啊！"

"怎么了？爸爸，它就在那儿，在仓库的下面。"凯特的语气变得很不安。

他知道孩子们商量好了一起来迁就他，顺着他的意思，说他们能够看到那只狗。"你们是不是看错了？"他说，"那只狗在房里呢，正在我的床下睡觉。"这是事实，但他知道没人相信他。

"好吧，我，我想我看到了一些白色的东西。"凯特结结巴巴地答道。

"那可不是我的狗，"他憋着笑，坚定地说道，"有可能是一只熊吧，我有一次在马戏团看过一只白熊，北极熊，驯兽师让它坐在一桶冰上。"

凯特对父亲的反应感到吃惊，她对凯莉眨了眨眼，那是绝望的信号。

"您今天觉得怎么样，爸爸？"凯莉问他。

"我一切都好。"他答道。

"您有没有头晕眼花或者哪里不舒服？"凯特问道。

"头晕眼花？"

"嗯，您知道我的意思，爸爸，"凯特说道，语速飞快，"我在这种天气的时候就会有点头晕。"

"我没有，"他说，"你才头晕眼花呢，最好去找个医生看看。"

"有可能。"凯特回复他。她特意朝凯莉看了一眼，随后移开视线。"爸爸，我带您去做一个健康检查吧？从上次检查到现在已经有很长的一段时间了，我明天就带您去。"

他看着凯特和凯莉，没有作声。

"雅典来了一个新医生，爸爸，而且我听说他的医术非常高明。"凯莉犹豫地说道，"听说他都不需要做什么身体检查，只是和患者聊聊天就能查出问题所在。"

"在我看来聊天是精神科医生才干的事。"他说。

"他……"凯特欲言又止，她看着凯莉。

"你们认为我需要去看精神科医生？"他不客气地问两个女儿。

"不是这样的，爸爸，"凯莉哀求他，"我们只是觉得或许您需要找人谈谈……"

"我不需要。"他看到女儿们脸上流露出困惑和恐慌。

"我们只是觉得您需要去做一个健康检查而已。"凯特急促地解释道。

"我考虑一下吧。"他说。

凯莉望着他身后远处的谷仓，突然说道："爸爸，我家里有点狗粮，要不我拿来喂喂您的狗呢？"

他看见女儿的眼里涌出了焦急的泪水。女儿们不明白，这只是他与她们玩的一个无伤大雅的游戏。总有一天，他会告诉孩子们他只是在逗他们玩儿，在演戏。总有一天，他们也会看见那只白狗。

傍晚时分，天气十分闷热，他在日记中写道：

孩子们小的时候，我没有陪他们玩耍。我总是不停地工作，没有像其他父亲一样陪儿子练习投球，也没有陪女儿搭过积木。我总是没有时间，日复一日地工作。孩子们也不知道，我曾经也玩过游戏。有一年，我参加了绛车轴草节的爬旗杆比赛。旗杆上涂了润滑油所以很难爬，但我还是获得了胜利，那年我大约 15 岁（所以那应该是 1907 年）。同一年，我还在集市的赛跑中拿到冠军。对此，我记忆颇深，因为之前没人相信我能获胜，哥哥卡尔试图把我拉出赛场，放弃比赛。那天，唯一把我当做竞争者看待的，是慢我两步而居于亚军的赫洛斯·布朗先生。赛后，他告诉我，在这之前他一直是跑步比赛的常胜将军，我们因此成了莫逆之交，直到他去世。之后我再也没参加过任何赛跑。赫洛斯曾试图说服我，认为我可以以奥运会为目标，我还梦见过自己参加奥运会。有时观看电视里的奥运会比赛时，我不由得感叹如果当时真的在赛跑方面坚持不懈的话，说不定自己也能成为一名赛跑健将呢！如果真是这样，那真值得我一辈子铭记。

　　小时候，我喜欢在牧场练习投球。我们用干燥的牛粪标出垒的位置。由于视力不佳，不管怎么努力，我的棒球技术都不如别人。一次我遇见泰克伯，他的眼睛令我记忆深刻，清澈、敏锐，与生俱来的良好视力和灵活的反应力足以让他成为一个优秀的投球手。但是我从来都没想过成为像泰克伯那样的人，因为他人品不行。所有孩子喜爱的游戏项目我都玩过，而且玩得都还不赖。然而，我的童年时光并不长。父亲去世后，我不得不迅速成长起来。在诸多亲属之间为讨生活来回奔波，我知道自己早已远离那些无忧无虑的生活。如今，我正与孩子们玩一个游戏——尤其是与凯特和凯莉，尽管我怀疑他们并不投入，更没有以之为乐。他们看不见白狗，甚至认为白狗是我杜撰出来的，不过我有时确实是在演戏。总有一天，他们会看见白狗，意识到这只是一个游戏，我也会告诉他们全部实情，到那时候再回顾从前，大家可以一笑置之。

10

父亲这种不正常的状况开始令这对姐妹担忧起来，她们不停地打电话，找任何可以帮忙的人商量对策。

凯特："你知道事情会怎么发展的，对不对？当别人——比如牧师——来拜访他，因为妈妈的缘故来向他表示关心时，爸爸就会跟人炫耀那只根本不存在的狗，然后这事就会传开，人们都会知道他像鲍勃·沃德老头那样疯了。你等着看吧。到时候我们一出门，周围的人就会用怜悯的眼神看着我们，就好像我们所有人都疯了一样。"

凯莉："我知道，我也是这么想的。老汉鲍勃·沃德真可怜，上一次我看到他在路上走，穿着长袖衬衣，下面的扣子都散开来了，连裤子拉链都没拉好，真可怜。我和你说，我之后还在镇上见过他的女儿，她在帮他买药。我都不好意思看她，真可怜。她离开之后，大家说是警长送老汉回家的。据说他都快把家里人逼疯了，他们都不知道该拿他怎么办。"

凯特："他们将来也会这么议论我们的。"

凯莉："可是至少，爸爸不会把他的裤子挑在竿子上当旗子一样挥来挥去。"

凯特："虽然现在不会这样，但说不定不久以后就会了。我读过一些解释精神异常的书。据说他们不是一夜激变，而是随着时间慢慢改变的。一开始，他们就像往常一样正常地与人交谈，根本看不出异常，之后他们就开始说一些没人听得懂的事情了，比如他说完一个笑话，结果其他人听得一头雾水。然后，他们开始趴在地上，手脚并用着前进，幻想自己是一只山羊或其他天知道是什么的东西。"

凯莉："我的天啊！太令人揪心了，我听不下去了。"

凯特："好些年前在艾尔伯顿①，有个老妇人也出现了同样的情况。记得妈妈告诉我说，她是一个教家政学的老师，在当地社区算是一个精英型人物了。直到有一天，他们在她家门廊前，发现她正坐在一床被子上面，嘴里发出咕咕的声音，身子还来回晃动，摇个不停。她幻想自己是只母鸡，还在被子上放了一打鸡蛋，试图把小鸡孵出来。那些蛋都被她压碎了，粘得被子上到处都是。"

凯特："上天保佑，爸爸可千万不要变成那个样子。我真怕他会四肢都趴在地上爬来爬去，假装是他常常念叨的那只白狗。"

---

①位于美国乔治亚州，面积970平方公里。——译者注

凯特："为什么你会这样想，凯莉？我的天啊，我都要担心死了。可能这事已经发生了，只是我们没有意识到。说不定他在照镜子的时候，发现镜中的自己慢慢地变成了一只狗。你说的话真的吓到我了。我记得我读的那本书里提到精神异常的人常常会幻想自己是某一种动物。"

凯莉："我们不要再谈论精神异常的事情了，一想到这件事我就想哭。每次想到他对着空气拍那只狗的头，还因为我看不到他的狗而指责我眼睛瞎了，我真的很想哭。"

凯特："劳丝今天早上是不是找你谈过？"

凯莉："我们谈了一会儿，她想知道我们现在能不能看到那只狗，但是我对这件反反复复折磨我的事情已经没什么好说的了，她也就不吱声了。"

凯特："昨天我也和你说了同样的话。我知道她觉得这是我们编出来的。她吞吞吐吐地打听这件事，一天打两三次电话给我，就好像我每天除了谈论爸爸的事情以外，没别的事可做一样。"

凯莉："小山姆也是这样。他昨晚告诉我，我们就是太夸张了。他觉得爸爸这么做，不过是为了让一切恢复平衡。我们对爸爸假装养了只狗的事情紧张过度了。"

凯特："很好，小山姆、劳丝和其他人都站着说话不腰疼。他们只知道通过电话嘴上说说，还以为这样就能帮大忙了。"

凯莉："我明白你的意思。"

凯特："你今天见过爸爸了吗？"

凯莉："我正打算过去看看他。"

凯特："你回来后给我打电话，告诉我他的情况。"

诺亚实在没想到她们会对自己的评论这么上心。其实他只是想逗逗她们，并没有别的意思。但是看到她们抬起头，眼神放着光，就好像他提了个好主意一样，他立刻明白她们会错了意。

"等等，我的意思是，你们早上应该早点去了解爸爸的情况，没别的意思，我就是说说而已。"诺亚飞快地说道。

"你再说一遍？"凯特看起来非常愤怒。

"看你这表情我就知道你和凯莉在想什么，"诺亚告诉凯特。

凯莉把喝完的咖啡杯摆回原处，她的眼角微微泛潮，鼻子隐约有些堵塞。她说道："我刚刚从爸爸那里回来，他坐在摇椅上，对着空气挥动着一柄毛刷。他告诉我，自己正在给白狗刷毛。他就是那么称呼它的：白狗。我实在没办法在那里继续待下去了，他那个样子令我毛骨悚然。我从房子里冲出来，一刻都不敢停歇地跑回这里。你之前说凡事都要眼见为实，这些难道不能证明他的精神已经出现异常了吗？"

"这真是见了鬼，"诺亚叹气地说道，"我真不明白自己为什么会跟你们两个讨论这事。霍曼不在这儿，连个支持我的人都没有。"

"我们只是想确认爸爸的情况到底是怎么一回事而已。"凯特坚定地说。

"你爸爸没有疯，我看是你们两个疯了。"诺亚毫不客气地说。

"你凭什么这么说。你白天都不在那，根本不知道凯莉看见了什么。"凯特愤怒地说。

"我去过了，那时你爸爸正坐在摇椅上悠闲地看着报纸，根本没说有什么狗存在。"

"非常好，我猜你跑过去的时候他都已经给狗刷完毛了，别自以为是了！"凯特极其不屑地嘲讽他。

"天啊，凯特，你都不清楚你爸爸为什么要这么做，你们两个女儿都快烦死他了。他做的这一切都是在报复你们，他是故意演给你们看的，你知道他一直都喜欢用这种方式表达自己。"

"他什么时候这么做过？"凯特猛地打断他的话。

诺亚不可置信地看着凯特说道："嗯，就是去年，他让你去买一头骡子的时候。"

"在那件事上他很认真，顽固到了极点，说打算把骡子养在花园里。"凯莉说道。

"天啊，凯莉，你不会真的相信他吧？山姆先生的身体大不如前，走路都必须靠拐杖。他知道自己没办法再继续种地了，他只是想逗你们玩。"诺亚接着说。

"但他都把犁拿出来了。"凯特争辩道。

"他那是装装样子。他只是想摸一摸而已。问题是你们两个谁都不了解，一个什么都干不了的男人是怎样的心情！"

"很好，你有你的想法，先生。他以前就想养一头骡子，只是后来被妈妈否决掉了。"凯特继续争辩道。

"你妈妈从来没有反对过。事实上，她还说她会为他打电话。她知道他在与你们两个开玩笑，他总爱那样，只是你们一直都不知道而已。"诺亚解释道。

凯莉翻了个白眼，然后从餐桌边起身，给所有人的杯子续满咖啡。过了一会儿，她才开口说，"可是白狗和他以前开的玩笑不一样，诺亚，你心里清楚！"

诺亚不情愿地点点头，"你说得很有道理。他或许真的认为那里有只狗，要不然他也不会要我帮他解决掉那只狗。"

"但是你说过那里不可能有只狗。"凯特说。

"那里确实不可能有狗，瑞德那只老狗如果感觉到周围有别的狗，肯定会反应强烈，你的狗也是如此，凯莉。"诺亚说。

凯莉重新坐回桌边，"他一直在说，那只狗会在每天清晨需要喂食的时候准时出现，比我们起床过去看他的时间都要早得多。"

凯特眯起眼睛看着妹妹，低声说道："我们可以躲在黄杨木篱笆后面的水渠里看它。"

"我的天啊！"诺亚绝望地嘟囔了一句。

"在那里很容易就能看到门廊后面的一举一动。"凯特继续说着她的计划。

"日出之前我们就埋伏在那儿，所有的疑虑都会真相大白的。"凯莉支持凯特的想法。

"我可不信这个法子能有什么效果。"诺亚悲叹着，起身打开通往屋外的厨房门，"我替山姆先生感到无比难过。我还是去外面找霍曼吧。"说完他走了出去。

"如果被爸爸发现我们这么干，他会大发雷霆的。"凯莉提醒凯特。

"他不会发现的。"凯特向她保证道。

翌日，天刚蒙蒙亮，凯特从后门偷偷地溜出来，将手电筒的光调到最弱的一挡。她穿着牛仔裤，上身套了件深色毛衣，头上的绒线帽严严实实地罩住前额，脸上涂满了从壁炉里取出的灰。凯特在原地站了一会儿，直到眼睛完全适应了这种昏暗的光线才拿起手电筒，用手指紧紧捂着电筒散发出的光，朝着凯莉的屋子闪了几下，发出信号。凯特看到一盏灯亮起来，不由得舒了一口气，至少凯莉没有睡过头，还能看见信号。她缓缓蹲下身，小心翼翼地穿过草坪，轻车熟路地朝着父亲的屋子走过去。

当凯特到达黄杨木篱笆后方，凯莉正跪在地上祷告。凯莉今天也穿了一套深色系衣服，头上也和凯特一样戴着一顶绒线帽。她祷告完睁开眼睛，看到凯特站在她面前。

"你脸上涂了些什么？"凯莉压低声音问凯特。

"烟灰，我也给你拿了一些。"凯特边说边递给凯莉一个装有半瓶烟灰的玻璃瓶。

"我才不要在脸上抹这种东西呢。"凯莉不情愿地说。

"诺亚说在军队里他们都这样做，他告诉我如果顶着一张白兮兮的脸，大老远就能被人发现。"

"我才不信诺亚的鬼话！"凯莉说。

"如果让爸爸发现了，就有我们俩好受的了！"凯特以威胁的语气对她说道。

"我的天啊……"凯莉无奈地叹了口气，打开玻璃瓶倒了些烟灰在手上，然后往脸上胡乱地抹起来。"这样子看起来真是傻透了，但愿孩子们不会看到我今天这张脸。要是看到了，我就给他们脸上也抹上烟灰。"她继续抱怨着。

"可以洗掉的,实在不行待会儿你大哭一场,用眼泪冲掉也行。赶紧行动吧，凯莉！你把家里的狗拴起来了？"

"嗯，你把瑞德拴起来了？"凯莉问。

"我离开屋子的时候，那只呆狗动都没动，它一直在厨房的桌子下面睡大觉。"

"诺亚呢，他起来了没有？"凯莉问她。

"没有，不过我从屋子里出来的时候，他是醒着的。我看得出他在装睡。隔着房间的门，我都能听到他在里面吃吃地笑个不停。"

"霍曼也是这个样子，他认为我们俩都疯了。"

"我才不管他们怎么想，"凯特低声愤慨道，"事关我们的爸爸又不是他们的爸爸。"

"你说，我们大概要在这儿等多久啊？"凯莉非常同意凯特的话。

"我想不会很久。"

"万一他昨天晚上睡晚了呢？"

"应该不会，他昨天晚上上床挺早的，我看到他房间的灯早早就熄灭了。"

"他昨天被我们弄得有些伤心，也许晚上睡不着。"凯莉说。

"如果这样的话，大不了我们明天再来好了。如果他真的养了一只狗，我会想尽方法看到它。"

"当心，"凯莉急忙说，"你踩到我的脚了。"

"哦，我以为是块石头。"凯特说。

姐妹俩蹲在黄杨木篱笆后面的水渠里，透过篱笆的树枝焦急地观察着外面的一切，仿佛深夜中站岗放哨的士兵，耐心等待着一只她们认为不存在的白狗。身后，在东方，一直沉睡着的森林也在晨曦中披上了清丽的外装。

"被我说中了，他睡晚了，天已经亮了好长一段时间了。"凯莉压低声音说道。

"我们再等等看吧。"凯特说。

反舌鸟在附近的树上发出聒噪的声音。从赫尔曼·莫里斯的农场那边，穿过小溪，越过金矿山，隐隐约约传来公鸡的打鸣声。

这时，山姆·皮克的屋子里突然亮起一盏灯。

"他起床了。"凯特难掩语气里的兴奋。

她们紧盯着从卧室里透出来的灯光。没一会儿工夫，厨房的灯也亮了。她们看到窗户上映出父亲的身影，他正极其缓慢地挂着拐杖走来走去。

"他开始做饼干了。"凯特猜测着。

"看上去是那样。"凯莉说。

凯特和凯莉不耐烦地注视着父亲做完早餐，之后他从她们的视线中消失，应该是去吃早餐了。接着，她们看到他又重新回到窗后的水槽边，然后端起什么东西往回走，穿过房间。后门廊的灯亮了起来，她们清晰地听到门被打开的声音，看到他站在阳台的台阶上，弯着腰将一只碗放下。这时，她们听到父亲那熟悉而温和的声音响起："快过来，宝贝儿，该吃早餐了。"

"我的天啊！"凯莉声音里传来一丝低沉的哭腔，她轻轻咬住自己微微发抖的嘴唇。

"嘘。"凯特示意妹妹停住，她慢慢地朝篱笆移动，拨开一根黄杨木树枝。

"你看到什么了吗？"凯莉问她。

"还没呢。"凯特答道。

突然，在她们的身后，一只狗发出尖锐的咆哮声。

"哦，见鬼！"凯特大叫着，吓得跳了起来。

凯莉爆发出一阵短促而又刺耳的尖叫，拼命地抱住凯特，如同抓住一根救命稻草。

那只狗迅速地穿过马路，叫声无比欢快，它的尾巴一甩一甩的，亲昵地向凯特靠近。

"瑞德！"凯特发疯似的狂喊起来，"你怎么出来了？"她听到从山核桃树下面传来一阵大笑。

"诺亚！还有你，霍曼！"凯莉忍不住叫起来。

"该死的诺亚！"凯特忍不住咒骂起来。

隔着草坪，山姆·皮克也被这边的声响惊动了，大喊道："那边发生什么事了？"

"爸爸发现了！"凯莉小声说，赶紧蹲到篱笆下边，凯特也蹲了下来。

"谁在那儿？"他再次问道。

诺亚和霍曼从核桃树下站了出来，"是我们俩，山姆先生。"诺亚大声地回答。

"谁在说话？"

"诺亚和霍曼。"诺亚大声地回答他的问题。他停了一会儿，对着一边躲躲藏藏的凯特与凯莉笑道，"还有您的两个女儿。"

"你们在那里干什么？"

"她们想出来散散步。"诺亚答道，终于忍不住大笑起来。

"是的，岳父，"霍曼立即把话接下去，"您的两个女儿正在散步呢，我和诺亚听到一只狗叫的声音很大，就特地跑过来看看。"他上气不接下气，笑得弯了腰，后面的话都被他自己的笑声淹没了。

"丫头们都在哪里？为什么没听到她们的声音？"他厉声问道。

"就在这儿啊。"诺亚赶忙回答。

"我怎么没看到她们俩？"他问。

凯特与凯莉磨蹭了好一会儿才走出来，她们狠狠地瞪着自己的丈夫。

"我们在这儿呢，爸爸。"凯莉举着手电筒答道。

"你们给我过来。"她们的父亲下令道。

"真是该死，"凯特抱怨着，转身朝向诺亚。"你给我记住，刚刚我差点被吓死，诺亚！"她用恶狠狠的语气威胁着。

"过来吧，凯特。"凯莉叫她。

他望着两个女儿慢慢地朝着屋子走过来，诺亚和霍曼紧随其后。两个女儿看起来太滑稽了，她们穿着深色的衣服，头上戴着绒线帽，整张脸看起来脏兮兮的。

"老天爷啊，你们一大清早出来做什么，看看这像什么样子？"他倒吸了口凉气。

两个女儿站在他面前显得窘迫不安，脸色一阵白一阵红，显然是羞愧到了极点。

"嗯，事情是这样的，"诺亚出来打圆场，"她们突发奇想要出来晨练，前些天电视上就是这样建议的。"他转过身看着霍曼，"当时电视上是这么说的，对吗，霍曼？"

"应该是的。"霍曼回答道，他的脸上突然现出无比灿烂的笑容，说完他立即转过身掩饰即将爆发的大笑。

"反正电视上说一日之计在于晨。我们本来想打消她们的念头，可是山姆先生您知道的，她们固执得很。"

"你们的脸上都涂了些什么东西？"他疑惑地问女儿们。

"那个……"凯特结结巴巴地说。

"嗯，那是……"凯莉也支支吾吾，说不出个所以然来。

"这是我们做的，山姆先生，"诺亚飞快地替她们回答，"我和霍曼跟她们开玩笑，告诉她们烟灰有防虫效果，然后就变成这个样子了。"

"老天爷啊！"他忧心忡忡地看着两个女儿，摇了摇头。

"爸爸，都怪霍曼和诺亚，"凯莉赶忙解释，"是他们恶作剧，想吓我们。我们当时只是在散步而已。"

"你们想散步，也应该大白天去，让别人能看见你们，不会把你们当坏人。你们这样要是被我开枪误伤了怎么办？"他无奈地说道。

"知道了，爸爸。"凯莉马上说。

"说不定你们还把我的狗给吓着了，搞出这么一出事情来。"他说，"它喜欢在这个时候吃东西。"

凯特感觉此时眼眶里全是泪水。看着父亲这个样子，站在昏暗的廊灯下，吃力地将身体倚靠在拐杖上，寻找着一只压根儿就不存在的狗，她的心里一阵酸楚。"我们回家了，爸爸。"她对他说道，"我们以后再也不会在这个时候出来散步了。"

随后，他一整天都没有再看到女儿们。天气温暖舒适，他来到核桃林里待了一小会儿，然后回屋窝在摇椅里等待着髋骨的疼痛过去。中午吃过花生奶油三明治后，他到阳台上坐了一会儿，顺便看看他的白狗。早上被女儿们这么一胡闹，它已经不知道跑到哪里去了。不过没关系，他知道白狗不会离开，只是躲起来了而已。

到了下午，他睡得迷迷糊糊，做了一个梦，梦见女儿们穿着今天这身奇怪的衣服四处飘荡，脸色阴郁像哀悼者一样。他顿时被惊醒了，髋骨的疼痛愈发剧烈，令他不得不服下几粒阿司匹林。在夜幕降临之际，他走到前门，召唤着白狗回家，白狗便从一片杂乱无章的灌木林中蹿出来，快速地跑回了屋子。

"你藏在一个大家都找不到的地方，对吗？"他对白狗说，"我不怪你，有些人你确实该躲着点儿。"他想到女儿们的遭遇，不觉一笑，"有时候你还真该躲着她们。"

他给白狗喂完食后，看了一会儿电视。接着走回中间的屋子，坐在桌边，开始写日记：

> 今天没什么好写的。清早，凯特和凯莉两个人制造了一点小骚动，天还没亮就出去散步。诺亚和霍曼想和她俩开个玩笑，但我看得出来，她们俩觉得一点都不好笑。她们小时候就很活泼开朗，现在依旧如此。有时候，我都觉得她俩的精力太充沛了一点儿。髋部的疼痛变得比以前更厉害了。我给白狗喂了食，自己却没有什么胃口，希望今晚可以睡个好觉。

11

午夜已过，他却依旧没有入睡，坐在书桌旁垫了垫子的摇椅上。从髋部传过来的不适让他感觉有些反胃。之前，他已经服用了药剂师开的药，可实在是疼得难以入睡。他翻开日记本，坐在那儿奋笔疾书了好几个小时。他口干舌燥，想去厨房喝水，但明白自己已无法从椅子上站起来。他虚弱地喘着气，豆大的汗珠从额头上不断滚落。

客厅里的电视机发出嘶嘶的声音。

当时他起身吃药，也就没关电视。他依稀听到了美国国歌后半段的旋律，想象着黑白屏幕里正快速越过一架喷气式飞机，机身画出一道完美的弧线，优雅而又急速地冲向明净蔚蓝的天空。当飞机的图像与国旗重叠时，国旗上的五角星也随着旗子迎风跳跃。

他心想，关掉电视机好了，要不然得开一整晚。不过他还想回客厅看他想看的节目——《牧野风云》①。他很喜欢这部电视剧。他很喜欢本·卡特莱和霍斯，却不怎么待见小托和亚当。他们总是油腔滑调，一点儿也不靠谱。可霍斯就完全不一样了，他坚定而正直，不管遇到什么麻烦，嘴里总是念着"朝着目标，决不放弃！"在他看来，高大魁梧、谈笑风生的霍斯简直就是大家心目中完美的化身。

她和他一样爱看《牧野风云》。她看的时候总是把霍斯、小托和亚当与孩子们相对比。有时候她看着看着就会说："那多像……"然后就会提到某个儿子。每次这三个角色干了点儿勇敢的事情，她就会拿他们和儿子们比来比去。她很喜欢西德 - 凯撒和米尔顿·伯林这两个角色，他们总能让她哈哈大笑。她还很喜欢听丹尼斯·戴②的歌曲，他那轻柔的爱尔兰民谣常使她潸然泪下，儿子们在她的影响下也喜欢上了丹尼斯·戴。

电视机发出的嘶嘶声像极了湿木头燃烧的声音。

我犯了一个错误。他猛然想起，今晚不会播《牧野风云》。

今天是星期几来着？他自言自语道。

对了，是星期四。他在心里默默答道。

不，不是星期四。

①这是美国有史以来第一部西部彩色电视影集，于1959年9月首播，于1973年剧终。——译者注
②美国四五十年代的喜剧型男歌手，曾获"热爱爱尔兰的美国男高音"雅号。——译者注

是星期三。

他写日记是哪一天来着？

星期五？

在这个夜深人静的时刻，他感觉如同火烧般的疼痛从他的髋部一点点地渗进了身体里，紧紧缠绕着他，顺着他的胃一股脑地涌到了喉咙那儿。他疼得开始哭起来，意识到家里只有他一个人。

他想到她，如果这个时候她在这儿的话，会拿本书坐在他身旁假装成在看书的样子，悄悄关注着他因疼痛而扭曲变形的脸。

"要不要喝点水？"

"来点儿吧，嗓子好干。"

"要不试试别的药吧！"

"我上一次吃药是在什么时候？"

"已经过了两个小时了，该吃药了。"

可是她已经不在这儿了，再也不会有人为他端水送药了。

他感觉白狗重新蹿回了椅子旁。他轻轻抚摩着白狗的脸，把它拥进怀中。他想，如果你想离开，那就离开吧。他重新将头靠在椅背上，笑着幻想着白狗用爪子拨开房间的门，跑到外面去溜达。会的，白狗有可能真的这么做。很多动物都比人聪明机灵得多。他想起自己以前养过的一头名叫贝尔的骡子。贝尔很聪明，只要给它时间，任何门锁或围栏都关不住它。春耕繁忙的时候，贝尔会在夜里从牧场偷溜出去捉弄他，因此他不得不在第二天大清早，前往沼泽地陪贝尔玩捉迷藏，直到它尽兴而归。在他的记忆深处，贝尔总是在沼泽地的草丛里，悠闲地兜着圈，注视着他。贝尔还跳得特别高。在跨栏方面，任何一匹马都比不过它。不过骡本来就比马聪明。

疼痛逐渐蔓延到了他的嘴巴里、脸上、眼睛里。他大口大口地吸气，汗水从额头上冒出来，流进鼻子和眼睛里。他大声地呻吟起来，白狗轻轻地摩挲着他的手臂。

他明白自己必须吃药了。这种药能麻醉思想，麻痹感官，让他的疼痛得到缓解。他本来把脚搭在拐杖上，想借此抑制髋部的疼痛，如今无济于事，他只好将脚放下。身体中的血液开始狂躁地涌动，不停地冲撞着他那不堪重负的胸腔。他试图遏制住这种恶心难过的感觉。白狗奔回他的身边，发出一阵阵低低的哀鸣。"不要站在这，"他心想，"你站在这挡着我的路，我会摔到你身上的。"他努力从椅子上往前倾，疼痛在他的身体里肆虐。双手、双脚一丝气力也没有，他只能微微低着头，等待着身体里这股疼痛的巨浪平息。他能感受到嘴唇随着心跳颤抖，从未有过的虚弱笼罩着他。"要赶快去吃药，赶快。"

他双手更加用力，缓缓地将自己从椅子上挪开。灯光照进眼睛里，令他一阵目眩。他的脸上渗出了汗水，汇聚成细流淌过嘴角，髋部如同被火烧过一般。白狗抬起前腿放在拐杖上。他想说话，想让白狗离开这儿，但是他已经发不出声音来了。他用那条健康的腿支撑着，举起拐杖往前挪，白狗从拐杖上掉了下来，走开了。他步履蹒跚，感觉到胃液在翻滚着，泛起了一股恶心的酸味。他吞着口水想咽下去，可是来不及了，胃液已经从嘴巴里溢出，流到下巴和胸前，衣服上到处都是。他一下子呛到了，忍不住咳嗽起来。就在这时，拐杖从手心滑出，他措手不及猛地摔倒在地板上，生生地疼，忍不住号啕大哭起来。疼痛如流水般从四面八方涌过来。他逐渐失去了意识。

睡梦中的凯特感觉到一阵强烈的不安，猛然惊醒。她推了推身旁的诺亚，后者懒洋洋地翻了个身。

"出什么事了？"诺亚不解地问道。

"我不知道。"

"你是不是听到什么声音了？"

"我不确定。"

诺亚屏住呼吸，仔细听了听周围，"没听到什么声音啊，什么都没有。"

"似乎有什么不对劲，我们起床看看吧。"

"饶了我吧，凯特。"诺亚躺在床上不愿动，碎花窗帘被风吹得轻轻摆动。

"很好，你不去，我去。"凯特埋怨道。她从床上爬起来走到窗前将窗户关好，看见父亲屋里的灯还是亮着的。"现在几点了？"她问。

诺亚拿起床头柜上的闹钟："一点刚过没多久。"

"爸爸还没有睡。"

诺亚感觉到她话语里有一丝隐隐的不安，他从床上爬起来走到窗户边靠着她："说不定他只是起床上厕所。"

"不仅仅是浴室的灯，其他房间的灯也是亮着的。说不定他有哪里不舒服。"凯特说。

"这可不好说。"诺亚将窗帘拉开，静静地凝视着那幽暗中的夜色，然后开口道，"我的上帝啊……"

"怎么了？"凯特赶忙问他。

"看那边。"

"什么？"

"快看！"顺着诺亚手指的方向，一只白狗正站在路边，身体向着父亲的屋子，头高高地昂着。

凯特激动地掩住脸，"是爸爸常说的那只白狗，"她急促地喘着气道，"爸爸没有撒谎，真的有只白狗！"突然，她开始发抖，"诺亚，出事了！"她抱着自己的胳膊，手臂很冷，抖得更厉害了。她依稀听到父亲的声音如空气一般围绕着她，忍不住再一次大叫，"诺亚，出事了。"

诺亚也开始颤抖："我去看看，"他迅速套上裤子，开始往外走，"通知凯莉和霍曼一起过来。"

"我跟你一块儿去。"凯特坚持。

"通知完凯莉再过来。"说完他飞快地冲了出去。

诺亚没有再看见白狗，但这并不重要。白狗就在那儿，他曾经看到过，凯特也看到过。亲眼看到静静地待在路边的白狗，这是一件多么不可思议的事情啊！他匆匆穿过草坪前往岳父家，依然没有从震惊中回过神来。这只神出鬼没的狗一直待在什么地方呢？他想不通，它是如何将自己的行踪隐藏得这么彻底的？天啊！它竟然如此的白，甚至比他之前在小圣西蒙岛狩猎时捕获的白鹿都白上百倍，真是前所未见。

诺亚看到凯莉和霍曼的屋子亮起了灯，心想："是啊，出事了，出大事了。"他加快了行走的脚步。穿过马路时他再次看到了白狗。它站在后门的台阶那儿，头挨着门一边嗅一边蹭来蹭去。然后，他看到白狗转过头来注视着自己，它慢慢地从台阶下来，消失在屋子后面的灌木丛里。"见鬼！"诺亚低声咒骂着，这只狗让他感觉有些胆怯。

当诺亚看到岳父躺在地板上，拐杖倒在他身上的时候，他以为他已经不行了。他将拐杖丢开，跪在地上将他的身子转过来，看到岳父的下巴和胸前都粘满了厚厚的一层呕吐物。刺鼻的气味令诺亚忍不住想吐。他用手擦拭岳父嘴角的东西，试图检查他的颈脉。脉象显示他的状况非常虚弱且极不稳定。"天啊！"诺亚喃喃低语道。他听到后门廊的纱门被打开，一阵急促的脚步声从厨房传来。他一听就知道是凯特来了。

"爸爸呢？"凯特在厨房大喊。

"他在这儿。"诺亚答道。

凯特急急忙忙地冲进房间，看见诺亚正扶着父亲。她猛地停了下来，直直地盯着他们，然后退后几步，像是被人推着一样。

她小声地，用颤抖的声音问道："爸爸他，他……"

"先别问那么多，"诺亚毫不客气地打断她，"快点儿去叫霍曼把车开来，然后拿条湿布过来。"

"他，他是不是死了？"

"没有。不要再磨磨蹭蹭的,照我的话去做,"诺亚咆哮道,"我们要尽快将他送到医院去。"

12

药液随着血液在体内不断循环，一种欢快的感觉随之而来。

他不清楚自己身在何方，一根细长的塑料管从他头顶的吊瓶上缠绕着垂下，针头扎进手臂里，葡萄糖药液顺着塑料管缓缓地流进他的身体。他似乎不是静处一处，而是飘浮在一个轻盈的梦境中，带着上帝赐予的力量在空中来回飘荡。在飘浮的过程中，他用力挥动臂膀，穿越那冰冷的布满繁星的空间。在他的下方，孩子们如同站岗的哨兵一样守护在他的床前。

他的梦由于药液的关系变得异常甜美。

马歇尔·海瑞斯问道："你准备和克拉结婚吗？"

"如果我有钱的话，我会的。"他说。

"山姆，你就等着变有钱吧，那你只好在梦中跟她上床了，而且我担保这梦和现实还是有很大差距的。"

他哼了一声，不屑一顾地说："看来你很懂啊，也没看你去敲哪位女士的家门啊。"

马歇尔笑着说:"耳听为虚,眼见为实,我在这种事情上一向得心应手。"

"说不定她会拒绝我的求婚,"他说道,"现在她一门心思都在想着如何成为一名护士。"

"山姆,你肯定是搞错了,你现在就像那个站在政府大院边上弹吉他的黑人大爷一样,老眼昏花,看不清状况。我从没见过一个女人像克拉这么渴望结婚,说不定她只是想在你身上体验一下当护士的感觉。"

"我不知道——"

"嗯,我知道,"马歇尔说道,"我敢向上帝发誓,每次遇到她,她都会问我你在哪,感觉你一门心思都放在你的骡子身上,反而将她冷落了。你太专注于那些骡子了。"

"我不得不工作呀,马歇尔。"

"你弄错你人生的方向了,山姆。你的重心应该是找一个美丽大方、温柔贤惠的女人过日子。"

他又开始飘浮起来,在空中挥动着臂膀,做出飞翔的姿态,就像一只雄鹰越过重重热浪在空中翱翔。他感觉他和她在床上,他正紧紧抱着她。黑暗中的潮闷充斥着湿热的房间,她的身体热烈地迎合着他,在阵阵娇喘的声浪中,她的表情无限迷醉。她是如此的美丽动人,粉红色的乳头温润而光滑,身姿曼妙而轻柔。她的美好超出他的想象。他的坚挺冲撞着她,不断将她轻轻地托起。她愉悦的呻吟如一首曲子一样婉转动听。

他再次用力地挥动臂膀，画面切换，此刻他站在路旁，看她哄着一只惊惶无助的白狗。

"没事儿的，"她说，"我不会伤害你的。"她转过脸对他说："这小狗估计是饿坏了，我们给它找点儿吃的吧！"

"有人将它丢在这了，"他说，"好像是从车里把它给丢下来的。"

"它会死在这儿的。"

"我猜，这小狗年龄不大。"

"我想把它带回家里养。"

"这不太好吧……"

"我一定要养。"

他转过身，轻轻地挥动着双手，感觉梦中的冷空气从指间滑走。他摸到了白狗的脸，白狗的前腿正搭在他的拐杖上。

"你想出去，就自己出去吧，"他说，"我没办法带你出去散步。"

白狗后退几步，依然用后腿支撑着站立，像人一样竖立在那儿。它几乎是直立着走向厨房，用前爪转动门锁，打开门走了出去。

他看着白狗做完这一切，不禁哈哈大笑起来："我的上帝呀，没人会相信我养的白狗可以与我共舞，还能用后腿直立行走，甚至还会自己开门。"

"爸爸？"

他睁开双眼，闻到了医院特有的消毒水的味道。

"爸爸，是我，爱玛。"

他点了点头，孩子们的脸庞又重新出现在他的视线中。

"您感觉怎么样了？"爱玛问道。

他只是有点疲惫，并不觉得疼。他看到了那个缠绕在脑袋上方的透明塑料管。"我很好。"他的声音略带嘶哑。

爱玛告诉他："您的髋骨附近有块地方感染了，他们给您用了点儿抗生素。我想您当时应该是疼昏过去的。"

"我摔了一跤。"他虚弱地答道。

凯特走到爱玛身边，激动地说："爸爸，我们看见那只白狗了。"

他听到有声音从医院过道里传来，那疯狂的喊声穿过厚厚的墙壁，在屋子里回旋着，因而变得更加刺耳，令人难以忍受，看来是尼丽来了。

我的天啊，他想，是尼丽。

尼丽和凯特一起进了病房，她夸张地从凯特身边冲了过来，奔到他的床边。尼丽双手紧握放在下巴上，颤抖地做着祈祷，不一会儿就眼泪汪汪。

"万能的主啊，上帝啊，山姆先生，您没事吧？"尼丽哭道。

"我很好，尼丽。"他平静地说。他能看到凯特站在尼丽身后，眼睛往上翻了翻，嘴里嘀咕着什么。

"他们跟我说您差点儿被自己的呕吐物噎死。"尼丽悲叹道。

凯特大声地叹着气。

"不是那样的。"他说，想嘲笑一下凯特。

"万能的主啊，上帝啊，真不明白，那些丫头们为什么没有及时通知我？"尼丽抱怨道，"有时候孩子们的想法真是令人捉摸不透。"

"尼丽，爸爸出事的第二天我就通知你了。"凯特反驳道。

尼丽转过身来向凯特表达谢意："我知道你通知我了，亲爱的，"她同情地说道，"你是一个懂事的孩子，不会忘记尼丽的。"

凯特走近病床，因为尼丽的话而脸色不悦："您感觉好些了吗，爸爸？"

"亲爱的，他感觉挺不错的，"尼丽语带权威地说，"脸色已经好转，他应该感觉不错。"

"我好多了，髋部也不那么疼了。"他说。

"尼丽坚持要进来看看您，"凯特对他说，"我们让凯莉留下来打扫房子，照看孩子们。"

"她们两个乖孩子，总是帮尼丽的忙。我一直想过来，可是雅利在离家很远的锯木厂工作，剩下我一个人看孩子，上帝啊，尼丽脱不开身到这儿来。"尼丽急急地发表意见。

"这样就很好了，你今天能来我已经很高兴了。"他说。

"嗯，您不要太担心，您的住处我们都收拾好了。上帝保佑这两个乖宝贝，她们经常帮尼丽干活。"

凯特再次厌恶地翻了翻白眼。

"有你在身边真好，尼丽。我发现如果你在旁边看着，她们会做得更好。你给她们树立了一个好榜样。"

凯特有点生气地瞪着他。

"他们真是好孩子。"

"是的，他们一直都是。"他说。

"她们只是没吃过什么苦，不像我们，山姆先生。"

"我想是的。"

"那倒并不是她们的错。尼丽从她们还小时就一直照顾她们了，她们习惯了让尼丽来做这些琐事。"

凯特的眼神飘向其他地方，他知道她在咬着下嘴唇，这是她感到挫败时的习惯表现。

"你给我的狗喂吃的了吗？"他问凯特。

"每晚我们都会放一些食物在外面，第二天早上就没有了。"凯特回答，"我想那应该是您的狗吃掉了。从第二晚起就没人再见过它。"

"没有人能看到我的狗，除非它想让你看见。"他得意地说。

尼丽插了句嘴，她小声地问："那是不是一只幽灵狗？"

"谁知道呢。"他回答。

"丫头们跟我提过这只狗，说它是白色的？"

"我管它叫白狗。"

"凯特说已经见过它了。"

"我看到了，"凯特平静地说，"诺亚也看到了，爸爸，他找到它以前待过的地方了。在屋子里，就在您的床底下。"

他再次挪了挪枕头，看到尼丽眼中的担忧："也许你们看到了白狗，也许那只是你们的幻觉罢了。有时候我和它玩游戏，它会转过头不理我。"

尼丽开始发出害怕的呜咽声。

"爸爸在逗你玩呢，那是只真狗，我和诺亚都见过。"凯特安慰她说。

"忽然就消失了，好像从没出现过一样。"他继续危言耸听。

"爸爸，别这样，你会吓着尼丽的。"凯特开口阻止。

尼丽抓住凯特的胳膊："亲爱的，你不知道幽灵狗的事情。我见过两三次，那种狗从来不叫，也没有狗对它叫，从来都没有。"她的声音开始微微发抖。

真有趣，他想。我从来没有听过白狗叫，一次也没有。呜咽的声音倒是听到过，不过那不能算"叫"。我也从来没有听过其他狗对它叫。他努力挤出笑脸："不要瞎猜了，它只不过是一条流浪狗。"他说，"肯定有人虐待过这只狗。它怕人，但不怕我，因为我肯喂它。"

"哦，我一点儿也不想和这只狗有任何瓜葛。"尼丽说。

"尼丽，这只狗也不想和你有什么瓜葛，也不想和其他人有什么瓜葛。只有上帝知道它现在哪儿，它躲着所有人，除了爸爸。"凯特说。

"你会看到它的，"他向尼丽保证道，"等我回家你就会见到的，我会把它找出来，你还会看到它和我一起跳华尔兹。"

"我不想和这只狗有任何瓜葛！"尼丽重复了一遍自己的话。

两天后，凯特和凯莉开车把他从医院接回家中。

"您需要在家里静养，保证充足的休息。"凯莉一边把他从车里扶出来一边建议道。

"先等一下，我要去看看我的狗。"他说。

"爸爸，有我们在这，它不会出现的。"凯特说。

"那你们进屋吧，"他说，"你们可以站在窗户旁边看。"

"好了，爸爸，您快点儿进屋，外面太热了。"

"等我找到我的狗再进去。"

两个女儿无奈地对视了一下，她们明白在这时争论是徒劳无益的。凯莉提起他的手提箱走进屋子，凯特紧随其后。

他拄着拐杖一瘸一拐地走到庭院边，髋部的感染已经被抗生素治好了，现在只剩下支撑自己身体的痛苦了，不过多年来这点儿痛他早就习惯了。他停下来大喊："过来，宝贝儿，快点儿出来。"他看到谷仓里有动静，之后白狗就从他储放农器具的小屋子的阴影里走了出来，疑惑地抬起头望着他。

他缓缓朝白狗走过去，一边走一边说："你想我吗，宝贝儿？不愿意让他们看到你对吗？他们认为你是个幽灵。过来吧，没事了。"

白狗踌躇不前，他停下脚步，从外衣口袋里掏出一张纸巾。他慢慢打开，就像拆礼物一样郑重，里面包着一块饼干，"从医院里拿的，虽然没有我做的那般美味，但也是块饼干，可以填饱肚子。过来，宝贝儿！"

白狗低垂着头飞快地跑向他，停在了拐杖旁，然后优雅地抬起前爪放了上去。他摸摸它的脸，动作极其温柔，然后喂它吃饼干。"好了，让我们来跳舞吧！"他欢快地说。并拢双脚，他将拐杖缓慢地来回移动，白狗也配合地随之共舞，他开心得哈哈大笑。

屋子里，凯莉滑稽地将脸贴在父亲卧室的窗户玻璃上，不可思议地小声说道："我的老天啊，快看那儿。"

"我告诉过你真有白狗，我告诉过你的。"凯特轻声细语地说。

"他没有说谎，看，他们正在跳华尔兹，看起来他俩真的像是……在跳舞。"

接下来的一周里，白狗开始逐渐出现在他的儿孙们的视线中，但都距离很远。它保持着高度的戒备，走路也无声无息，一有什么风吹草动就躲得无影无踪。它也从不让他们触碰自己，无论他们怎样唤它哄它，或是手里端着无比美味的食物引诱它，它都不会靠近他们。

"我的狗，"他对孩子们说，而且说到"我的"的时候稍微提高了点声调，"除了我之外，不会吃任何人给的东西。"

"主啊，上帝啊！"尼丽吃惊地说道，"这只狗看起来太不真实了，山姆先生，我从来没有见过像它这样的狗。这只狗像蛇一样无声无息。我看它趴在畜棚那儿，本来想用手摸摸它，谁知道它欠了个身就溜掉了。这只狗太诡异了，跟幽灵似的。我说过，它这一身雪白本就容易脏，它却干净得纤尘不染，太奇怪了。"

"它每晚都会洗澡的，尼丽。"

"她什么来着？"

"每晚要洗澡。"他认真地回答道，"进浴室，跳进装满水的浴盆里美美地洗个澡。"

尼丽紧张地笑着说："您是在和我开玩笑吧？山姆先生。"尽管如此，尼丽还是对白狗充满疑惑。每次她来监督凯特与凯莉，或者其他前来拜访的女儿干活时，她都会谨慎地查看白狗在哪。他曾看见尼丽站在屋外，手持一根树枝，威胁似的挥来挥去，像是在驱赶什么恶灵。他听到她发出尖叫，对着空气大声地咒骂："不要再纠缠我了，你这只阴魂不散的狗，不准再用你那双勾魂的眼睛盯着我。"有一次，他给白狗梳理毛发后，把刷落下来的毛揉成了一个球送给尼丽，告诉她这是护身符，可以抵抗白狗身上不寻常的力量。尼丽将这个毛发球放进连衣裙的口袋里，还信誓旦旦地说自己永远不会伤害白狗。"这只幽灵狗会一直纠缠您，山姆先生。"她十分肯定地预言道。

"尼丽，那只是一只狗而已。它原先一定被人虐待过，现在我收留了它，它开始慢慢对我放松戒备，与我亲近起来了。那个毛球只是个玩笑而已。"

"您在说什么呀，山姆先生？我一看它的眼睛就知道那是勾人魂魄的，我会好好保存那个毛球的。"

夜深时，他独自静坐着，白狗躺在椅子旁的地板上。他喜欢和它说话，喜欢看它竖起耳朵捕捉他声音的样子，喜欢它的眼睛默默注视着他。

"你才不是什么幽灵狗，对不对？你绝对不是幽灵。"他对白狗说道。

其实，他也感到好奇，因为他从没听过白狗的叫声。

还有其他事情也很奇怪。他不知道自己摔倒的那一晚，白狗是怎样溜到屋子外面去的。他记得自己关上了所有的门，而且十分肯定。因为尼丽曾提到莫里斯家的男孩们，提醒他小心点儿，所以他关闭了所有的门。

13

从七月初开始，他经常驾车出入陵园。那是妻子和长子的长眠之地。白狗在他身后跟随着，仿佛是一道美丽的白光。他开车驰骋在乡间小路上，穿行于田野之中。白狗知道他开着那辆响声极大的老爷车是要奔向何方。它会领路前行，等到达目的地之后，就躲在灌木丛中，静静地等他。

白狗如此用心，让他喜不自胜。他会放些饼干在上衣口袋里，每次去墓地之前，他都会轻唤白狗，然后喂给它吃。白狗会在灌木丛里等他，每当他跟跟跄跄地回到车前，它就会朝他奔过来，举起前爪放到他的拐杖上。

"我们回家吧，"每次他都这么说，然后便轻轻地敲敲它的脸，"待会儿见。"随即，白狗转身退回到灌木丛中，望着他笨拙地上车。听见车发动的声音后，白狗会奋力跳出，跨过马路，越过陵园，昂首挺胸地给他带路。每当此时，他会从那老旧的卡车中望着白狗,惊异于它的美丽与速度。"我的上帝啊。"他低声自语道。

他经常去公墓,因为他觉得那里是自己最终的归宿。在墓地,那些他希望能再经历一遍的回忆便会变得鲜活持久,不像搅他安睡的梦之碎片那样未完即逝,令人无法释怀。只有在这儿,他才会觉得自己又回到年轻的时候,回到和她在一起的美好时光,回到甜蜜温馨的记忆中。

1915 年秋季。

"那个女孩是谁?"他问马歇尔·海瑞斯。

"在哪儿?"马歇尔问道。

"就在那儿。"他用头一指,目光越过人群停在了食堂前的草坪上,马歇尔随着他的目光望了过去。

"不知道,从没见过这个女孩,"马歇尔说,"这女孩长得不错,虽然鼻子有点儿大。她是新生吧,我猜她刚读一年级。"

那时,他 23 岁,是麦迪逊农业机械学校的农场监督员。自从和海蒂·凯瑞有过一段情后,尽管偶尔和别人约会,也甚至一度想娶在雅典认识的某个女孩,但他还是羞于和女孩子打交道。那个雅典的女孩年龄比他大一些,对他要求颇多。有一次吵架,他负气离开了她,从此再也没见过她。后来,他还庆幸当时和她分手了。然而,草坪上出现的这个女孩,让他再次心动不已。他想,马歇尔说得没错,她的鼻子是挺大的,不过无伤大雅。

"去啊,"马歇尔催促道,"快去跟她来个自我介绍,告诉她你是这块地的管理员，她肯定会对你印象很深。"

他摇了摇头，慈慈地一笑，"我不擅长追女孩子。"他坦白道。

"哦，我倒挺擅长的，"马歇尔说，"你在这儿等一下。"

他看着马歇尔挤过人群，和那个女孩打招呼，看见她礼貌地微笑，礼貌地和他交谈。接着，他看见她好奇地皱眉，之后笑容也变得更深了。马歇尔转身指向他，他看见她踮起脚尖，眼光越过人群搜寻着他。然后，她看见了他，对他微笑，他觉得当时她脸红了。他不确定她是不是真脸红了，但是看起来应该如此。她看了看马歇尔，又转头看着他。马歇尔在和她攀谈，夸张地做着手势，他知道这家伙又在胡说八道了。他看见她大笑，听见了她的笑声。随后，马歇尔向他招手，他朝他挥挥手，慢慢地挪向马歇尔和这个女孩。

"这是罗伯特·塞缪尔·皮克，"当他走过去时，马歇尔郑重地向女孩介绍道，"但是人人都叫他山姆。"

女孩害羞地微微一笑。她比他原先在草坪另一头想象的矮一些："你，你好。"他怯声说道。

"这是我的朋友，嗯，你叫什么来着？"马歇尔问她。

"克拉。"她回答说。

"哦，对，克拉，克拉，那个——"

"威尔士。"她接着答道。

"克拉·威尔士。"马歇尔向他介绍，"山姆，她是护士。"

"还没有呢，这只是我的梦想而已。"克拉·威尔士纠正道。

"好的，我们山姆可拥有这所学校的所有土地。"马歇尔道。

他笑了，又诧异于自己为什么会笑，克拉·威尔士小姐也笑了。

"啊，我说的是真的，"马歇尔继续说道，"我才是被招来帮忙打理这块地的。"

"我唯一拥有的一块地，就是我脚下这一小块草皮。"他说。

"啊，我该走了，"马歇尔狡黠地眨眨眼睛，"不打扰二位了，你们可以用我的名字来给你们的第一个孩子命名。"随后，他放声大笑，转身离开。

马歇尔·海瑞斯亦是他难以忘怀的另一段回忆。

马歇尔的拉丁文学得非常出色。他和克拉结婚之日，马歇尔递给了他一张纸，上面用拉丁文写着：Amicus usque ad aras。

"这是什么意思？"他问马歇尔。

"意思是'圣人般的朋友'"马歇尔说，"山姆，你对我来说就是这样的朋友。我希望你独自品味，细细咀嚼这句话的含义。"

马歇尔曾经想成为一名药剂师。然而一战期间，他却在法国阵亡。他是自愿参战的，还曾自豪地说，自己会竭尽全力保护好朋友山姆和克拉以及他们的第一个孩子，那个将取名马歇尔的孩子。当他得知马歇尔的死讯时，他重读了一遍夹在拉丁文书里的那句"Amicus usque ad aras"。这句话也表示"不离不弃的朋友"。

如今，他感到万分悲伤，因为他没有用马歇尔·海瑞斯的名字替孩子取名。

他经常去陵园，也会花很长的时间写日记。日记很重要，已经成为他的一种习惯，因为它可以帮助他抵御那忽然将自己吞没的寂静。他不仅记下每日发生的事，还会于孤独的夜里细细重读。因为他记录的那些准确的日期和事件，能够帮助他回忆往昔。日记本里字字皆是回忆。

1973 年 7 月 2 日

今天，有四五个孙子孙女来了，他们观看了日食，日食持续了几分钟。他们叫我也出去看，但我还是选择在家里待着。没必要冒险去毁掉我仅存的一点儿视力。我想如果我和他们一样年轻的话，应该会和他们一起去看的。日食鲜少出现，就像哈雷彗星一样难得。除了日食，今天还有个大新闻，那就是国会已经批准增加社会安全基金，大概 5％吧，今后大家可以从中受益了，这是笔该花的钱。

1973 年 7 月 3 日

我在电视上看见一张查尔斯·林柏①于 1927 年飞越大西洋的照片。我这一生知道的大事中，这件事尤为突出。林柏驾驶着一架只有一个马达的小飞机独自完成了此次飞行。大多数时候，他都不知道自己身在何处。我喜欢这张照片。往

①美国飞行员，曾于 1927 年驾驶飞机横跨大西洋。——译者注

事如烟，回顾彼时彼景，令我忽觉世界变化真大，也让我意识到自己已垂垂老矣。我出生在还没有汽车的时代，那个时代也没有飞机，更没有广播电视。我猜，总有一天，人们邀游太空就好似开汽车一样悠然自如，但是我肯定不会是其中一员。如果当时查尔斯·林柏的圣路易斯号熄火了，掉下来了，我甚至连这样的小飞机都没得坐。凯莉今天打电话跟我说她得了流感，如果克拉还健在的话，她肯定会帮她叫医生。她一直都很担心凯莉。明天是 7 月 4 日，独立日。

1973 年 7 月 10 日

今天卖助听器的人上门来推销。他说他无心打扰，但我怀疑他是受凯特和凯莉"指使"的，他们以为我马上就要聋了。我让这个推销员测试了我的听力，他回答说我的听力已经有一半受损了，应该买他的产品用。我告诉那个人，我已经 80 岁了，这就意味着每 40 年丧失 1／4 的听力。按此计算，我到 160 岁才算聋。他什么也没卖成就走了。我想等以后凯特和凯莉来的时候，我还是得买一个助听器来用。我听到广播里说理查德·尼克松可能会因为"水门事件"辞职，他应该这样做。他的所作所为让我想起了凯文·柯立芝①。我从没喜欢过凯文·柯立芝。今天我在报纸上读到关于贝蒂·格雷

①曾于 1923 年担任总统，执政六年。——译者注

伯^②的消息，她于 7 月 2 日猝死。她是个漂亮的女人，嫁给了来自乔治亚州麦肯市的哈里·詹姆斯。2 号那天忘了把她的事记下来了。

1973 年 7 月 13 日

今天，我的髋部比以往都疼，所以我和白狗待在屋里，打了很长时间的盹。我像往常一样会做梦。梦里的我身处佐治亚大学，我们一大群男孩被一列货运火车扔下，就是那种我们以前经常攀乘的火车。这是真事儿，我们曾经都跳过火车。有几个家伙还计划报复火车司机。有座桥横跨铁轨，铁轨通过桥洞后便是一处大弯道，司机每次经过那里都要放慢车速，伸出脑袋来察看。于是有几个男孩就爬上那座桥。火车经过桥下时，司机照常伸出脑袋，他们就往桥下撒尿。虽然我也在那儿，但是我可没有往下小便。我不知道这个梦是怎么回事儿，我想如果人年纪太大，记忆深处的东西就会往外涌。凯特和诺亚去城里帮我买了药，髋部的疼痛减轻了许多。麻烦的是，我现在睡不着。今天收到保罗和小山姆的信，他们还送了教堂的公报。上周保罗讲道，主题是《老天厌懒人》，听起来很有趣。

---

②美国女演员，曾主演过电影《玉腿金枪》。——译者注

1973 年 7 月 17 日

今天，闪电击中了一棵核桃树，击裂了树干。我从客厅的窗户看到从树干上冒出了缕缕青烟。听说闪电不可能两次都击中同一位置，然而事实并非如此。这些年来，这片平地被击中过很多次，地底下肯定有什么东西，也许是铁矿石，才会引得闪电频繁光顾吧。克拉一直都很害怕闪电，记得在坦帕的时候，有一次我冒着暴雨赶回家，发现克拉正盖着被子缩在角落里瑟瑟发抖。如今，每当电闪雷鸣之时，我都会想起她。风雨来袭天骤黑，狂风暴雨令我感到孤独万分。这几个星期都没有詹姆斯的消息，他不像其他孩子一样喜欢写信，但会经常打电话。假如周末还没有他的消息，我就让凯特打电话给他，确认他一切安好。由于下雨，今天我不能如期去陵园。今天的新闻报道说尼克松的声望日渐下滑。我想，应该是因为调查人员找到了"水门事件"的秘密录音，人们才对他渐渐失去了信心吧。

1973 年 7 月 19 日

报纸上说越战不久就会结束，我只能说感谢上帝。我一直不理解为什么要发动这场战争。"一战"时期我去参军，但是运气不好没能入伍。那时人们认为，"一战"会终结所有的战争，但我认为战争永远不会停止，人类喜欢杀戮。马歇尔·海瑞斯在"一战"时就阵亡了，他是我在麦迪逊的好友，也是此生最好的朋友。记得小时候，扎克叔叔向我谈起南北战争。虽然那时我还是个孩童，但叔叔谈起那场战争时的语气我至今记忆犹新。从那场战争回来之后，他就像失了魂一样。他过去经常演奏一把旧提琴，声称自己奏出了不同的音调，但是其实每次都是相同的噪音。每当家人藏起小提琴，他都可以重新找到。或许，近几年内不会再有什么战事了。越战开始前，詹姆斯在越南，我当时非常担心他。除了我，每个人都以为他在夏威夷。他告诉我行踪是为了以防万一。那时我经常半夜醒来，为他担心不已。万幸的是，他最终安全回来了。不久前我遇见了休·卡特，他的儿子不幸在越战中阵亡了。今天，我收到了药房寄来的账单，金额比上次高了一些。有些人借着卖药救人的名义搜刮利益。

1973 年 7 月 22 日

今天，县长克莱特·沃顿顺路过来，问我近来有没有看见几只从圈里跑出来的母牛。我说我曾看见皮特·莫里斯在老凡第弗地区赶着一群母牛穿过田地。皮特就是尼丽口中提到的那帮游手好闲的莫里斯少年中的一个。我并没有问克莱特为什么要询问母牛去向，他是县长，自有该他管的事。我哥哥卡尔曾是哈特维尔的警长，听说他曾夺下一支黑人的枪。这名黑人因为赌博输钱，在和人打架的时候杀了人。卡尔朝那名黑人径直走去，用枪指着他的脸，并夺下了黑人的枪。其实我也不知道这是不是真事。皮特也许真偷了牛。尼丽对那些莫里斯少年的评价是对的，他们这些孩子真是可惜了。要是我家门窗上有锁，我一定会好好锁上。如果有人想闯入，不知道白狗会不会攻击他们。对此我很怀疑，因为它似乎惧怕人类，除了我自己。今天，我收到了劳丝的信，她给我寄了一张他们一家在默特尔①海滩的码头上度假时照的相片。我看到汉克·阿伦②离贝比·鲁斯③的全垒打纪录更近了。或许他会打败贝比·鲁斯，但是鲁斯却令棒球家喻户晓，这成就是他永远比不上的。

　　1973 年 7 月 24 日

　　今天我从陵园回来之后，发现尼丽来了。可她不怎么想干活，也没有聊天的兴致。她告诉我，皮特·莫里斯因为偷了约翰·爱德雷家的牛被逮捕了。爱德雷和我一样，也是孤身一人。我想，被偷的牛应该就是我在老凡第弗看到的那些牛。我希望皮特受到法律的制裁。如果法官要我作证，我会出庭。任何偷牛的人都是罪有应得。尼丽还说雅利很害怕，不再和那些莫里斯少年接触了。也许他能因此避过一劫。我开车去检查了一遍苹果树，看上去长势不错，但是不能保证

———————————
①位于美国加利福尼亚州。——译者注
②美国职业棒球员，棒球名人堂成员之一，曾于 1974 年打破由贝比·鲁斯保持的全垒打记录。——译者注
③美国棒球界传奇人物，是美国职业棒球联赛最伟大的球员之一。——译者注

做出的苹果干和去年一样多。克拉的拿手菜之一就是苹果派。几个女儿都尝试着做过，但没人能达到克拉的水平。我今天收到了电费单，一共是 12 美元 15 美分，又涨价了。或许，我不能再看那么久电视了。

14

在他打开这封邀请信之前，他就已经开始计划这次旅行了。每次想到自己能和这些曾经交好的人欢聚一堂，他就不由自主地规划着回去一趟。

他知道信里的内容是什么，因为邮件寄件人处印着：麦迪逊农业机械学校重聚委员会。

割开封线时，他不禁感慨道，60年了啊！从1913～1973年，整整60年了！

亲爱的同学们：

　　光阴似箭，流年似水。

　　兹邀请麦迪逊农业机械学校1910～1915级毕业生于1973年9月23日中午12点在摩根县立中学（麦迪逊农业机械学校原址）聚会，庆祝同学们的重聚时刻。

聚会首先安排午餐会，其次是游览这座我们热爱的美丽城市。对于希望留在此地怀念往昔的同学，我们还安排了晚餐，并可协助安排住宿。

值此特殊日子，请各界人士准时参加我们的 60 周年聚会。时光赋予了彼此需要铭记和分享的时刻，重聚委员会竭诚期盼您的到来。

委员会主席

玛莎·道威·科尔

信封里附送了一张登记卡，便于填写，回信时须随附一张 20 美元的支票，作为午餐会和旅游巴士的费用。

克拉曾经非常想去参加这个 60 周年聚会。在她离开人世的那一天，正是第一张邀请函寄达的日子，她曾表示很想去。他深深记得，她声音里流露出的那份渴望。

他拿起笔，填上名字，写了张 20 美元的支票后，把登记卡和支票放到回邮的信封当中。

他寻思着，如果我是唯一出现的人，那该如何是好？天啊，我们这些人同外面那些山林一样老了。大多数同学可能早已不在人世了，长眠于各个坟地，如同废弃物一般被倾倒在垃圾堆之中。除了他，也许没人会回摩根，而且这将是最后一次聚会。或许，他会和马莎坐在一起，然后两个人在摩根县立中学空荡荡的大厅里默默地用午餐。

想到此情此景，他不觉哑然一笑，两个老人家费力地嚼着东西，食之无味。彼此相视无言，都祈祷上帝让自己离开此处。他似乎可以看见墙上贴着彩纸，气球无力地被绑缚在一起。彩旗上写着"欢迎校友"。然后，他将和玛莎·道威·科尔坐在广场的中央，绞尽脑汁地琢磨着该聊些什么。

他打开收音机收听午夜新闻和讣告，但也仅是让收音机开着，播音员深沉而肃穆的声音根本没入他的耳。他想起了玛莎·道威·科尔，她在学校时是个风风火火的姑娘，易笑易怒。她长着一张爱尔兰人的脸和一头红铜色的头发，一言一行和她的外形相符，极具个性。她那时并没住校，她家在麦迪逊有一套雅致的居处。她的优雅就像一条昂贵的披肩一样包裹着她，男生们时常恭敬地低声议论她。玛莎对于这些男生来说太出色、太高贵了，没人敢去她家做客，没人知道在那样优雅的环境中如何自处。

他又重读了一遍这封邀请信，信上是玛莎的手签。这些字母同过去一样轻盈流畅，透露着从容坚定，与他那狗啃似的字迹毫不相同。他知道她的声音也是如此——清亮、轻快、流利。他想知道她能否和自己聊得来。玛莎嫁得很好，非常顺利地跻身上流社会，成为令人尊敬的人物。即便他到了 80 岁这个年纪，和玛莎·道威·科尔坐在一起聊天时，他仍会舌头打结，如同他 23 岁时一样。

收音机里响着哀乐，但却没有播报任何讣告。这一天没人逝世。

他把 60 周年聚会的邀请函夹入日记本，这样比较安全些，他知道自己那些好奇的孩子们都会睁着好奇的眼睛想一窥这封信的内容。他不想让他们知道自己要去参加这个同学聚会。他要一个人去，这样显得比较有尊严。他不想让儿女们陪同前往，仿佛自己是个易碎的包裹一样。

"唔，就我们俩，"他靠在椅子上对白狗说道，"就我和你去。"

夜晚，他在日记中写道：

今天收到了一封麦迪逊农业机械学校 60 周年聚会的邀请函。想想毕业已经 60 年了，想必那里早已物是人非。记得当时我一个人去麦迪逊念书的时候才 16 岁，报到那天身无分文，随后我就去了校长办公室，向校长表示自己愿意通过工作来支付学费和生活费。接着他们就派给我管农场的活儿。在麦迪逊的日子是我一生之中最美好的时光，那里是我和妻子克拉初遇的地方，也是我们结婚的地方。记得上一次回麦迪逊是克拉陪着我。我们拜访了几个老朋友，共度了后半生最快乐的日子。克拉一直都很喜欢麦迪逊地区的房子，觉得那是南部最好的住处。她曾经非常希望能够住上一套，但我们承担不起那么贵的房价。我们要养活孩子，让他们吃好穿好，因为孩子们比房子更重要。我准备去参加 60 周年聚会，就一个人去，仅仅带上白狗和我做伴。我明白一旦让家人知道，他们肯定不会同意的，所以我打算瞒着他们。

八月的天气很凉爽，大多数时间我都在家歇着。今天，霍特打电话问我明天是否愿意和他一起去钓鱼，他说爱玛会与凯特和凯莉一起帮我们做好晚饭。我答复他说愿意。也许我和霍特会钓上几尾鲶鱼，我喜欢鲶鱼的味道，感觉已经好久没品尝了。

当然，霍特还说周六他会开车过来把他的卡车拖走，去给引擎做全面检查。

"还有刹车。"他对霍特说道。

"好的，加上刹车。"

"最好再全面检查一遍，确认一下车灯是否都能亮，挡风玻璃前的雨刮器是不是都正常。"

"为什么您要确认这些部件？"霍特问道。

"说不定哪天县长会让我停下来检查，我必须确保这辆卡车运转正常。"

"也许要花上一点儿钱，"霍特建议道，"您应该给车换些新零件了。"

"那就换吧，我给你开张支票。"

霍特从盘子里又拿了一条鲶鱼，疑惑地看着岳父。他和爱玛结婚这么多年，知道岳父每次花钱都会精打细算。他曾听说，有一次岳父在小区商店买东西时，店主少找了钱，岳父发现之后便与店主发生了激烈的争吵。那次事件后，岳父总要在付款之前细细计算费用。

"爸爸，霍特不会多拿您的钱，只是花在该花的地方。"爱玛委婉地说。她往他的杯子里添了些茶，"但是也许会比您预想的要多，现在修车很贵的。"

他点点头，表示理解："把车修好就行，我怕哪天车开着开着就抛锚了，我还得一瘸一拐地走回家。"

"您知道就好。"爱玛说。她瞟了一眼霍特，面露疑惑。

"也许我能找到些不错的二手零件，"霍特向他建议道，"不会很贵。"

"你看着办吧，"他说，"我相信你。"他看见霍特脸上露出勉强同意的神情，但他相信这个女婿。霍特很诚实，又上进，对于大女儿爱玛来说是个不错的依靠。而且，霍特懂汽车修理，他可以一听马达就指出问题所在，敏锐得如同探水杖一样。他还能分清是阀门卡住了还是化油器堵住了，然后拿起工具娴熟地钻到车底下修理。

"那好，我这个星期六就检修车子。"霍特说。

霍特两口子驱车回家了。待到爱玛洗完碗碟之后，霍特问她："爸爸到底要干什么，怎么会想到修理那辆旧卡车呢？"

"我也觉得奇怪，"爱玛附和道，"可能他只是想让那辆车正常运转罢了。"

"他还不如拿把枪把汽车水箱射个穿，一了百了。天啊，那车除了前面的刹车片，什么都要换。那辆车要动大手术。"

"爸爸的反应确实不正常。"

"这样不计算一番就决定花钱，太不符合他的风格了，我真搞不懂怎么回事。"

"我也觉得，"爱玛说，"但他一向坚持己见，那我们就顺着他的意思做吧。"

"好了！"当他看到霍特的车蜿蜒在半公里之外的坟山上卷起阵阵尘土时，他对白狗这样说道。他自豪地微笑着，"可怜的霍特，他肯定以为我疯了。"他倚立在拐杖旁，双臂支撑着身体。青草的芬芳、尘土的气味和鲜花的甜香混合在一起，令夜晚的空气沁人心脾。他特意吸了口气，慢慢感觉空气的香味。很多人不喜欢八月，因为八月的天气总是那么炎热，没有一丝风，但是八月是他最喜欢的月份之一。八月本身就像一朵向阳盛开的鲜花，万物欣欣向荣，空气中满是大地的芬芳。他张开嘴，任由空气滑进口腔，掠过舌头，丝绒一般滑下喉咙。

他没看电视，从书桌上拿了张地图。他把地图摊开在厨房的餐桌上，仔细地研究起来。地图上纵横交错的各式线条让他头晕眼花，他意识到要用放大镜才行。他想，最好走小路。在小路上，他在别人眼里就像是赶集的农夫，这样就没人注意到他的卡车。一个老农民开着一辆旧卡车，这没什么稀奇的。他找到一支黄色的蜡笔标注出路线，这支蜡笔是某个小孙子来玩的时候落在他家的。

他记得第一次去麦迪逊的时候，儿时的伙伴阿萨·克勃告诉他这就是知识的殿堂，他还相信了。阿萨曾对他说，"你学成出来之后，那些人会给你100英亩地，那些地都属于你，你要做的就是去耕种它们。"那些虚无缥缈的土地（仅此而已，因为从来没有这样的礼物）让他上当受骗，以至于决定和阿萨一起坐火车去麦迪逊读书。可就在他们出发的那天，阿萨反悔了，他的理由是："那里离家太远了。""那好吧，我一个人去，"他对阿萨说，"反正我在这里也是一无所有。"这的确是事实，那时，父母都已离世，他住在大哥家里，而大哥似乎也看他不顺眼。他坐火车到了麦迪逊，步行去学校，对校长说："我愿意工作挣钱。"校长用他那严厉的目光打量他，对他说，"没错，这儿是有活儿要干。"

他想，从那次铁路之行算起，已经有65年时间了。65年啊！他仍然记得自己当时很害怕。"别紧张，没什么好怕的，"他对白狗说，"也许要花上一天才能到哦，不过没关系。"他想起聚会约定的时间，"我想，咱们最好提前两天出发，"他喃喃自语，"早点儿走，这样的话时间就很充足。如果我没记错的话，城里原来有家旅馆。你呢，就待在车里吧。"他拍了拍白狗的小脑袋，开玩笑地对它说："别让人把车给偷了。"

15

周一，因为霍特已经把卡车开去修理了，他只好让凯特开车带他去镇上的银行。为此，凯特打电话给凯莉。

"爸爸请你帮忙？不是要求你这么做？"

"嗯，还挺客气的。"凯特答道，"他还显得很健谈。我很久没听他说这么多话了。自从尼丽上次来过之后，他就不怎么说话，他以为我们都在盯着他。"

"可能他现在感觉好些了吧。"凯莉猜测着。

"但愿吧，你知道他要修车的事儿吗？"

"霍曼跟我说了，他说爸爸想让霍特帮忙大修一下那辆卡车，只要有需要，怎么修都行。"

"这听起来像他的风格吗？"

"爸爸？你是说爸爸吗？哦，上帝，不，霍曼说霍特为这笔巨额花费胆战心惊。"

"有时候，老人家就是这样，"凯特说道，"我在《读者文摘》上读到过，他们花起钱来几近疯狂，竭尽所能。随着自己人生之路的缩短，他们总想做点什么。那篇文章说老人家花起钱来就跟小孩子一样，才不管一角钱与一元钱的分别。"

"爸爸说他想让你带他去银行？"凯莉带着疑惑的口气问道。

"哦，上帝啊，是真的。"

"你看看能不能找出原因。"凯莉建议道。

"我应该怎么做？"

"你陪爸爸去，就待在他身边。"

"凯莉，没用的。他以前甚至都不让妈妈知道他在银行干什么，只是让她在车里等着。"

"那好吧，你去跟他谈谈。"

"我试试吧。"凯特焦急地说道。

凯特知道父亲现在精神状态不错。他洗了澡、刮了胡子，还穿衣打扮了一番，尽管那身衣服看上去极不协调：褐色西装、绿色衬衫、蓝色领结，他甚至还喷了些男士香水。他刮胡子的时候似乎伤及了下巴，因此上面还沾了一小片用来止血的纸巾。

"您打扮得……呃，真帅气！"当凯特搀扶着他坐进小车里时，她这样说道。

"每次去银行的时候，我都喜欢穿西装，"他随口道，"我想让那些办事员知道我是去办业务的。"

"爸爸，您是不是有什么特别的业务需要办理？"

"没有，有时去银行只是要让那些人明白我还活着，还在这个地方。"

"爸爸，您穿过我和诺亚给您买的那几件白衬衣吗？"

"我不喜欢白色，"他说，"太容易弄脏了，我把那几件衣服送给詹姆斯了。"

"哦！"凯特叹了口气，父亲把她送给他的礼物处理掉已经不是第一次了。他认为既然是礼物，就可以送来送去，只要他高兴就行。

"我不想入殓的时候穿白衬衣。凯特，你要记住，以后，等到我下葬那天，就给我穿现在这身衣裳，我喜欢这件绿色的衬衣。"

"爸，这件衬衣的领口有点儿磨破了。"

"盖上棺盖，就没人能看见了。"他对凯特说道，"我们走吧，银行已经开门了。"

当凯特开车载他到银行时，她迅速朝父亲瞟了几眼。他的脸上挂着愉快的笑容，两眼放光，充满期待。

"万能的主啊，"他大喊道，"我的狗来了，它正跟着我们，就在地里呢。"他拉拉凯特的胳膊，指着车旁的农田，白狗正以强有力的优美姿势起伏跳跃。"它看起来像不像头鹿？我从没见过一只狗能跑这么快，说不定它有 灵缇犬的血统。"

"诺亚也这么想，"凯特说，"它可能是只灵缇犬或者德国牧羊犬。"

"白狗是去陵园的，它会在那儿等我。我们在银行办完事以后就去那里，你等着看吧。"

"如果您想去，那就去吧。"凯特接着说道，"我希望您在银行一切顺利。"

"你已经问过了。一切都很顺利，我只是想查查我户头里的余额罢了。"

"爸爸，您现在很需要钱吗？"

"我一直很需要钱，凯特，要是你有钱，你肯定早就花光了。"

凯特勉强笑了笑："我就是这样子，爸，一向不懂节约。"

"不管怎么样，你知道钱的好处就行，"他随口说道，"赚得多，花得也就多，所以存款就不会很多。"

凯特转过脸看着他，《读者文摘》上的那篇文章提到过，老人有一种什么都不在乎的态度，比如花钱如流水。他们会染上一种无法名状的大手大脚的习惯，把身上携带的支票当成小钱来付账单。

"爸，我想在商店停一下，买一点儿您喜欢吃的薄荷糖。"凯特很小心地试探他，"您希望我付店员多少钱？"

他奇怪地看着她说："该多少钱就给多少钱。"

"我想知道该付多少钱，"凯特道，"我好久没买了，但是您一直都买薄荷糖，上次您买薄荷糖花了多少钱？"

"天啊，我不记得了。可能每块糖一便士，也可能是两便士。"

凯特记起杂志上说，得了这种病的老人不会记得所买物品的价钱，她问道："您觉得会不会每块糖一美元？"

他皱了皱眉，盯着凯特看。他想，今天她怎么越发不对劲儿？上帝啊，看着女儿如此异常，他真感到悲哀。"要一美元？"他说，"也许吧！我觉得没必要花那么多，但是如果你想买糖的话，我们就停在商店那儿买一些吧。"

原来是真的，凯特想，他果真得了这种病，沉重的悲伤浮现在脸上。她欲哭无泪，只觉心如刀绞。

他从银行取了 600 美元，坚持让凯特载他去商店，然后买了一罐薄荷糖。他把罐子交给凯特，"走吧，你想吃就拿一颗，"他温柔地对她说，"我可能也会吃一颗。"

"您花了多少钱买这罐糖？"凯特问道。

"没多少钱。"他说。

"好吧，爸爸，说不定那些店员讹了您。"

"别这么想，他们找了我钱。"

"您数了吗？"

"凯特，你到底是怎么了？我没数他们找我的钱，商店的人数好了以后交到我手上的，他们经常这样做。"

"我自己一直都会数找回的零钱。"凯特害怕自己的眼泪会控制不住夺眶而出。

他不解地看着她，"那好吧。"他没力气跟她争辩下去。

凯特回到家，立刻打电话给凯莉，语带忧伤地说道："我猜对了，就像《读者文摘》上那篇文章说的那样，他对花钱心里一点儿数都没有。"

"发生什么事了？"

"爸爸说他要随心所欲，能花就花。"

"什么？"

"他甚至不知道糖果的价钱。"

"你确定吗？"

"绝对确定，我们最好通知其他人。"

"该有人替他管管账了。"凯莉建议道。

"只是，我管不来，"凯特抽泣着，"我的心都要碎了。"

"别哭，凯特，如果你帮爸爸管账，我也会帮忙的。"

"我，我做不到。"

"别这样，凯特。"

两姐妹在电话里无助地痛哭流涕。

当两个女儿因为过度担忧而泪如雨下之时，他正在写自己的日记：

　　今天我取了聚会所用的钱，虽然最近几周我并不需要花这笔钱，可还是要取出来放在身边。凯特带我去镇上的银行取的，因为我的车还没修好。我觉得凯特有点不对劲儿，她一整天都说些很可笑的话。如果她继续这样，我就要和诺亚谈谈了。现在，我感觉好多了，我从没有感觉这样好过。只要我不太过于依赖髋部来支撑自己，我的髋部也就不会痛了。另外，医生开的新药比以前的更有效，让我睡得更好。过去克拉总是怕我吃太多药，但是如果这些药能帮我减轻疼痛，我会继续服用。今天白狗玩得很痛快，它追着凯特的车撒了欢地飞跑。我们到陵园的时候，它正待在那儿等着我们，只是我不能把它带到车上来。我想念开着卡车四处溜达的日子，也许这周霍特就可以把我的车彻底检修好。

16

他把用于聚会的钱藏在了书桌底层抽屉的一只袜子里。他会经常翻出来确认钱还在那，以防在他睡觉时被盗。他从没放这么多现金在家，也想不通自己为什么一次性取了 600 美元。他想，自己也许是想做一回和从前不一样的自己吧。他算过，其实参加聚会的费用不外乎汽油费和食宿费，不会超过 100 美元，最好的方法是把剩余的 500 美元再存进银行。或许，他可以拿出 150 美元，然后把其余的钱全部捐给重聚委员会，虽然他怀疑自己再也不会参加第二次同学聚会了。不是因为他的年龄，而是因为长途跋涉是非常令人疲惫的。当然，为聚会花费 150 美元也是十分不明智的。不过如果他的车中途抛锚了，他倒是有足够的钱支付修理费。

然而，现在他的车俨然是辆新车。霍特帮他检修了两个星期，如今的发动机运转起来非常安静，一点儿声响都没有。他的听力日渐衰退，所以不能确认卡车的发动机是否真的在运转，他都有点怀念起以前嗒嗒的轰鸣声了。

"您得记得换挡，"霍特提醒他，"要不然车子还会出问题的。"

"好吧。"他说。

"我连雨刮器都修好了，"霍特自豪地说，"两只喇叭也都没问题。"

"老天，"他惊呼一声，"我都不知道有喇叭。"

霍特把手伸进驾驶室，按了一下方向盘中间的喇叭按钮，尖锐的喇叭声随之响起。

"哇！"他兴奋地大叫着。

"如果您记得换挡，更换机油，这车还可以正常运行两三年。"霍特说。

"等我死的时候，我就把车送给你。"他拍拍霍特的肩说。

"山姆先生，您的命还长着呢。"

"不一定，"他意味深长地说，"我可不像车一样可以换挡。"

最终他决定只带150美元去参加60周年聚会。如果他向玛莎·道威·科尔宣称他有钱，她就不会用同情的眼光看他了。也许，他会给凯特和凯莉买些首饰。如果给两个女儿带了礼物，她们就不会穷追猛打地询问他聚会的事儿了。他想，也许女儿们会因此难过哭泣吧。天啊，她们总是这么多愁善感。

现在他把现金、地图和车子都准备好了。下一步要做的就是找个借口，对子女们说他要去看望尼奥·路易斯。柜子里，他准备了一套西装、两件衬衫以及两条领带，都是干净的，还熨烫得整整齐齐。他把剃须刀、剃须泡、须后水和药都放进一只大袜子里。

现在没什么需要做的了，该准备的都准备好了。不过，还有一样东西他必须带上——那就是她的照片。这张照片拍摄于1916 年，是他们在麦迪逊用马歇尔·海瑞斯借来的相机拍的。这是一张马歇尔和她的合影，马歇尔的样子很搞笑，手臂越过她的双肩，吊在半空中，脸上挂着憨憨的笑。而她同样微笑着，带着邻家女孩的羞涩与喜悦。照片中的背景是学校的中心大楼，如今这幢建筑早已不复存在。麦迪逊农业机械学校的所有建筑都被夷平，取而代之的是摩根县立中学，只有校园入口处的砖墙还屹立在那里，提醒人们这里曾有一所麦迪逊农业机械学校。这几面砖墙是毕业班学生出资修建的，每面墙上都挂着刻有出资学生名单的匾。上次他去麦迪逊的时候——他说不清确切时间了，只知道是同克拉一起——他走在砖墙四周，默读着那些名字，惊异于这些印刻的名字如同古文明的遗迹，以奇怪的符号安静地陈列着，任凭人们猜测它的历史。

克拉的照片，不，应该说是克拉和马歇尔的照片，是他私下保存的唯一一张照片，没有一个子女曾经见过这张照片。他把照片夹在记录本里，而记录本一直是放在书桌抽屉里的。每当他翻看记录本时，这张照片都会令他回想起那个时刻，那快门按下的一瞬间，现在依旧如此。那一天是五月底，一个阳光明媚的春季午后。他们三个人整天都在一起，马歇尔一路上都在吹牛说大话。

他触摸着照片上她的脸。

她好美。

他想带着这张照片去赴 60 周年聚会，他要把照片拿给玛莎·道威·科尔看。

9 月 21 日这天下午，他把车开到二十九号公路上的服务站，请工作人员给他加满油，顺便查看了油表。"加好了，皮克先生，"加油站的服务人员说，"看起来您的发动机刚刚修过，需要我帮您检查一下水箱和轮胎吗？"

"好的，该检查的都帮我检查一下吧，"他说，"明天我要出趟远门，短期旅行。"

"可别走太远啊，"服务生说，"无论怎么修，这种老旧的卡车还是很容易抛锚的。"

"没事儿，它会把我带到目的地的。"他自信地说道。

他与凯特两口子一起吃晚餐，告诉他们明天早上会开车去哈特维尔，计划和尼奥·路易斯待上一两天。

"自从他妻子过世后，尼奥时常请我过去陪他，"他说，"他想让我看看他种的树。"

"您确定他是让您去看树的吗，岳父？"诺亚开玩笑地说，"你们俩难道不打算开车去安德森[①] 那儿，欣赏美女的表演吗？"

"也许吧，"他随口应道，"尼奥说他有很多朋友，要介绍给

---

①安德森市，位于美国南卡罗来纳州。——译者注

我认识，说不定这就是他的目的。"

"爸，"凯特叫了起来，"您真不害臊！"

"别管你爸"，诺亚说，"男人需要偶尔外出一下，我可以陪他去。"

"好吧，你确实应该这么做，开车送爸爸过去。"凯特道。

"不用，我自己开车去。"他坚定地说。

"爸，您不能开着那么老的车上高速。"

"霍特把车修好了，"他反驳道，"没问题的。"

"爸，可是您连驾照都没有。"

"我可不需要什么驾照。"他说。

诺亚不想听到他们吵架，他知道凯特会因为担心他而失眠。"你爸是对的，我曾经开过这辆车，没什么问题。"他看着岳父道，"您唯一要做的事就是学会怎么换挡，您总是起步的时候用三挡，变速箱会被您弄坏的。"

他心不在焉地点点头。

这天，他在日记中写道：

　　去麦迪逊已万事俱备，我在副驾驶座上放了床旧被子，这样可以遮住白狗。我灌了两加仑的水，准备带上以防冷却器烧坏。我还要烤点饼干给白狗做干粮，给我自己做几块三明治，没什么需要用钱的地方。对了，可以带上几罐我喜欢喝的百事可乐，防止口渴。我不习惯不和孩子们打招呼就外出，但我知道要是说了实情，他们会有怎样的反应。今天天气比平时凉，甚至可以说有点儿冷，天气预报说温度可能会创新低，我觉得已经创新低了。往年这会儿可没这么冷。希望明天能暖和起来。今天，我从报纸上看到一个好笑的事儿，比利·简·金①在一次网球赛中打败了波比·里格斯。里格斯这个老笨蛋应该知道怎么去迎战一个年轻女运动员啊，天知道他怎么会输掉。不过我猜他可能正毫不在乎地大笑呢，或者正一瘸一拐地走在去银行的路上。

①美国网坛传奇人物，曾于 1973 年在一场"性别大战"的比赛中击败男子网球明星波比·里格斯，一举轰动世界网坛。——译者注

17

待到收拾好行囊之时，天还没亮。他没有手提箱，所以用的是克拉的。他一手拄着拐杖，一手提着行李，一路蹒跚行至车前。屋外很冷，仿佛冬日已然来临，但他已忘却寒意，只渴望早些踏上旅途。

此前他给自己做了早餐——玉米粥、香肠和饼干。吃过之后，他把剩余的早餐喂了白狗。接着，他拿了几份三明治和些许饼干，用纸包好。他把两罐水提进卡车，放到后座的下面。

他最后一次返回房间去拿地图和克拉的照片，照片夹在记录本里。他想知道玛莎·道威·科尔是否还记得克拉以及马歇尔，当然还包括他自己。

"来吧，"他打开车门，对白狗说，"跳进来，我们马上出发。"白狗迷惑不解地望着他，接着轻轻地跳进驾驶室，蜷缩在副驾驶座的座位上。熹微的晨光中，大地和草木都罩上了一层淡淡的粉红。核桃树上，一只小鸟发出清脆的叫声。"我们要开很长一段路。"他吃力地跨进驾驶室，对白狗说道。他看了看两个女儿的房子，房内没有亮灯。在孩子们还未意识到他这么早就离开之前，他至少可以争取时间把车开上马路。

他脚踩油门，卡车的发动机安静地运转着，随即轻松地跑了起来。他打开车头灯，轻踩离合器，慢慢地打挡，然后松开离合器。卡车往前拱了拱，时断时续地前行。他操作不熟练，搞不清车子在行驶中该换哪种挡。但是毕竟车子在往前开，他认为这样就够了。白狗坐起来，看向窗外。"高兴点儿，小丫头，"他愉快地说道，"我们要去见玛莎·道威·科尔了。"

凯莉给凯特打电话，"你听见卡车发动的声音了吗？"

"诺亚听见了，我刚才还没醒，诺亚说爸爸是在日出时分离开的。"

"而且那时天还黑着，"凯莉说，"汽车的声音当时就把我吵醒了，我向窗外看，却什么也看不见，周围伸手不见五指。"

"也许爸爸只是睡不着而已，所以决定早点儿出发罢了，说不定他会先去陵园。"

"如果真是那样，他应该会通知我们。"凯莉不禁抱怨起来。

"你就这样想吧，"凯特说，"你知道爸爸这个人一向随心所欲，我发誓，就像诺亚所说的，有时候我觉得他是故意的，只是想让我们担心罢了。尼丽来的时候，他也是这样。"

"有时我也是这样想的，"凯莉说，"他说他要去多久？"

"一两天吧，但我觉得他不会去这么久，他是个认床的人，住在别人家会睡不踏实。我很了解他，今天下午之前他就会回来。"

"爸爸过去没有和家人以外的人过过夜？"凯莉问。

"据我所知，没有。"

"他现在的做法非常奇怪，你不觉得吗？"

"我说不上来，你怎么看？"

"他最近的行为非常古怪。"

"别再说了，凯莉，上次听你说爸爸的言行像个小孩子以后，我急得两天都没睡。"

"我？"凯莉吃了一惊，"我没这么说吧，是你说的，你说在《读者文摘》中读到过类似的文章。"

"好吧，也许是我说的，但是让我陪爸爸去银行观察他的动静的人却是你。"

"我的天啊，凯特，你别小题大做了！我刚才只是说爸爸出去和家人之外的人一起过夜看起来很不正常，那像我儿子的做法，而不是一个成人的做法。"

"你又小题大做了，凯莉。"

"什么？"

"你说这是小孩子的行为？"

"我说这是我儿子的做法。"

"这是一个意思。"

"凯特，我们别争了，我到现在还没喝咖啡呢。爸爸说过当他到了哈特维尔会打电话回来吗？"

"这倒没有，或许我们应该主动打过去问问情况，看他在那儿是否一切安好。"

"你知道电话号码吗？"

凯特烦躁地叹了口气，"他说他会给我，但是没有。"

"你知道他要去拜访的那个人的名字吗？"

"路易斯，"凯特答道，"一个叫路易斯的人。"

"这信息很有用，"凯特直率地说，"诺亚知道这件事吗？"

"我想他不知道。不管怎样，爸爸今天离开得太早了。我不知道他为什么不把路易斯的电话号码给我，他答应过我的。"

"那好吧，只能等了。如果今天下午没有他的消息，我们就去找他。"

"那个人的妻子不久前去世了。"凯特说。

"谁的妻子？"凯莉问道。

"就是爸爸要去见的那个人，"凯特说，"我们可以找广播电台打听讣告的事，那里应该记录了他的名字。"

"这样也行。如果你听到什么消息，一定要第一时间让我知道。"

"你也一样，"接着，凯特又说，"我敢打赌现在爸爸一定知道我们有多担心他。他一想到自己的计划得逞，肯定在偷笑。"

事实上，他正感到非常无助，因为他迷路了。他不明白为什么，自己——或者他以为自己——一路按着地图上用蜡笔勾出的路线走，却还没发现标着麦迪逊字样的路牌。

黄昏将至，日落时分的阳光晃得人眼睛都睁不开。当他以蜗牛般的速度沿着狭窄且满是尘土的道路行驶时，发现这条路在地图上的标注却是一条高速公路。他想，也许绘制地图的人弄错了。他经常在报纸和杂志上读到类似的消息，但是如果真的画错了，应该有人在此竖立标牌，告诉过往行人这只是一条脏乱的小路而非高速公路。"没多少热心人喽。"他对白狗说道。

那个加油站的工人在给他的车加油和检查水箱的时候，就该告诉他这条路的路况，难道他没告诉那个人他要去哪里吗？

"啊？麦迪逊？"那个工人对他说，"您确定这辆车到得了那儿吗？"

"到得了，虽然这辆车看起来很糟糕，但是跑起来却没问题。"

"希望如此，"那人乐呵呵地说，"您还得走很长的路，暖气能用吗？"

"嗯，我不知道，我从没开过。里面够暖和了，只要发动机能转，那就没问题。"他重复道。

他把车开到路边，停在了树荫下，接着打开车门，白狗跳到了车外。"跑吧，你去四周逛逛，"他说，"我猜你在车子里颠簸来颠簸去，肯定很疲倦了。"他看着白狗小心地钻进路边的灌木丛，接着，仿佛在自言自语，又仿佛在唤着白狗，他大声喊道："我知道我们走得很慢，但是我觉得我们本该早就到了的。"

他打开一罐可乐，喝了起来，味道很暖很甜。他想，最好还是休息一会儿，让太阳再下沉一些吧，下沉到看不见为止，或者趁现在再看看地图。天知道发生了什么。我这双老花眼可能看错了地图，可能漏了一个拐弯口。

他记不起原先去麦迪逊的路线了，以前没有现在这么好的路段和汽车，可他知道并不需要走这么长时间。他想，万能的主啊，去麦迪逊只有100英里左右的路程，就算我半路休息一会儿，此时也应该能赶到那吃午餐了。要是我再年轻些，或者两条腿都是健康的，我肯定可以开得更快。如果没有走冤枉路，我早就到麦迪逊了。

他刚出发的时候还挺顺利的，那时太阳刚刚升起，马路上车很少，他开得很慢很慢以便研究路线。但是在雅典附近，他似乎向西南方开了（按太阳的方向推测），然后就这样糊里糊涂地开了几个小时。

路上有人因为他这种蠕虫般的速度而生气地朝他摁喇叭，但他选择无视那些没有耐心的人。开快车的人都是自私的，所以才会有那么多事故，制造出那么多被撞的冤魂，他可不想那样不负责任地赶路。

他想起早前有一辆卡车开过，那也是辆老旧的卡车，他觉得比自己的车还旧。那辆车在他的旁边放慢速度，发出巨大的轰鸣声。他往驾驶室看了看，司机的年纪也和他一样大，也许比他还要老。他记得那名老司机死死地握着方向盘。天啊，咱俩可真是世间少有。两个本该坐在摇椅上的人，现在却双双奔驰在马路上，好像乌龟赛跑一样。他松了下油门，那辆车就慢慢绕过了他。

他想，也许我应该捎上那个在路边想搭便车的小伙子，这样他就可以告诉我哪条路能通往麦迪逊了。

他本来想要捎上那个背包客的，脚都从油门移到了刹车上，但他还是没踩下去。那个小伙子看起来很疲惫，一手拿着行李，另一只手握成拳头，大拇指伸出来，做出搭车的手势。当他慢慢地开过那个小伙子时，他看见他求助地望着他，双眼流露出恳切的目光，嘴角泛起一丝讨好的笑容。他想起自己的儿子也曾站在路边搭便车，结果却出了车祸。他的儿子一定也曾目光恳切，笑容讨好。

他重重地靠在车座的靠背上，紧闭双眼，尽量克制不让自己哭出来。他用颤抖的双唇喃喃念着儿子托马斯的名字，这名字唤起他蓄积已久的怅恨。他埋葬了长子，却从未埋葬过自己的悲痛。他的眼前再次浮现那个男孩的身影，静静地站着等候搭车。长子就是死在别人的卡车里的，他不能拿别的孩子的生命冒险，也无法借助别人的身体让长子的灵魂和他同行。

他摇下车窗，强迫自己放缓呼吸。一整天都是凉飕飕的，仿佛冬天就要来临。当他停在路边，坐在车里等白狗时，他忽然感到一丝寒意。他明白天气还不算太凉，这只是正常的秋凉罢了。独自一人在黄昏将至之时，无助地待在不知名的公路上，让他感到很孤独。

他从卡车里唤着白狗：“来吧，小丫头，我们该走了，快来。”白狗听见了他的叫声，跑回车边，从打开的门跳进驾驶室。“我们要弄清楚现在在什么地方，”他对白狗说，“看来我们迷路了，”他勉强笑了笑，“一个老头和一只狗，都迷路了。”

18

这是一场令诺亚和霍曼都感到尴尬的争吵。他们对凯特和凯莉说，"你们不用太担心爸爸，他是个成年人。如果他想让你们知道他的情况，他自然会打电话来，他知道该怎么照顾自己。而且，要是去哈特维尔的路上发生了什么事，我们现在早就知道了，肯定会有人通知我们的。上帝啊，县里人人都认识他！这方圆40里，每亩地里都种了他的树。"

"好，我现在就打电话，"凯特不服气地说，"我才不听你们在这里胡说八道。"

"我支持凯特。"凯莉附和着。

马上就到下午六点了，两姐妹和彼此的丈夫正在凯特房里等消息。她们俩已经在餐桌前坐了将近两个小时了，一边喝着咖啡，一边焦急地等电话铃响。

"他要是骂你们，你们可别怪我，"诺亚说，"他肯定巴不得你们不在，难怪你们总是惹他生气，你们俩应该给他一点儿空间。"

"诺亚说得对，"霍曼表示肯定，"男人有时候需要一个人到外面走走，省得有些人像云一样老缠着他。"

"闭嘴，霍曼。"凯莉打断他。

霍曼随即叹了口气，耸了耸肩。

"让她们俩等电话吧，"诺亚说，"如果不让他们管岳父的话，她们肯定会不开心的。"

"真是浪费时间。"霍曼喃喃道。

他们打过电话给电台，得到答复说去世的是尼奥·路易斯的妻子，电台的总机接线员还给凯特报了他家的电话号码。

"山姆·皮克？"尼奥·路易斯在电话那头大喊道，"海蒂去世后我就见过他。你刚刚说你是谁？"

"一个人单独出门又不让任何人知道他的行踪，这不像山姆先生的处事风格。"克莱特悄悄地对诺亚和霍曼说，"太不像他了，从我刚到人家膝盖那么点儿高开始，我就认识他了。"克莱特是县长，此刻他正与诺亚和霍曼站在屋外。暮色袭来，厚重混沌的光笼罩着屋外的一切。屋内，凯特和凯莉正焦躁地等着其他兄弟姐妹的到来。

"前几周凯特就觉得岳父行为古怪。"诺亚说。

"凯莉也这么觉得。"霍曼应道。

"嗯，老人家有时是这样的，特别是在身边有人去世，自己感到孤独的时候。"克莱特说，"我母亲去世后，我父亲就是这样子的。上帝啊，这可不是件好事。"

"可能那辆卡车中途抛锚了。"霍曼说。

"不会吧，"诺亚说，"那辆车其实状况不错，虽然岳父连换挡都不会，但紧急情况时他也能狠命地乱弄一气。"

克莱特深吸了口烟，吐出一团烟雾："他不该开那么旧的卡车上路，我不知道你们为什么纵容他这么做。"

"我想您很了解他。"诺亚肯定地说。

"我确实了解他。"克莱特答道。

"那您肯定知道他不喜欢别人告诉他什么该做，什么不该做。您有试着告诉一位老人该做什么吗？"

"你说得对，诺亚，"克莱特捻灭烟蒂，"我把局里所有的车都派出去了，要他们留意从这到城镇的所有道路。我还要他们一看到小桥就停下来仔细瞧瞧。有时候老人家很怕过狭窄的木桥。达比·皮尔格利姆老人去年经过他房子下面的一座木桥时摔进了河里，差点淹死，还好最后被人救了上来。"

"上帝啊，您千万别在他那些女儿面前说这话，"霍曼提醒道，"她们会发疯的。"

"我不会的，"克莱特保证道，"我明白那种感觉，孩子们。女人们都会尽力维护自己的父亲。我宁愿告诉我家那位，我正在和隔壁邻居厮混，也不愿告诉她，她爸是个疯子——不过，他确实是个疯老头儿。但我不会对她说这话的。如果有人说她爸爸的不是，她肯定会跟那人没完。"

"我只希望岳父他老人家没事儿就好，"霍曼轻声道，"我喜欢他。"

"我也喜欢。"诺亚也应道。

"天快黑了，快看不清了。"克莱特说道。

他已经很多年没体会过恐惧的感觉了，如今，他真的有点儿害怕了。

他行驶在满是尘土的路上，心慌意乱，试图借助太阳判断方向，找到一条高速公路。然而，太阳已经落到地平线以下。一整天驱车的疲惫与迷路的困扰令他身心交瘁。白狗蜷缩着紧靠着他，脸贴着他的一条腿。"看来我们今晚不能再开了，"他对白狗说道，"我们最好找个地方停车。"

他瞧见马路边上有一间废弃的农房，便把车往那个方向开，停在了杂乱前院旁的一棵橡树下。他打开门，费力地挪出车外，取出拐杖。白狗从车里跳出来，围着院子跑，它的脑袋垂着，显出狐疑的神情。接着，它快步跑过去跟在他后面。

"丫头，看见什么了吗？"他问白狗。

白狗抬起前腿碰了碰拐杖，他调皮地挠了挠它的小脑袋。

"过一会儿天就黑了，"他说，"我猜你肯定饿了。"

他从食品袋里掏出饼干喂给白狗，接着从塑料罐里倒了些水到手掌中给白狗舔食。他不饿，但还是吃了些饼干，又吃了几片止痛药，因为髋部正隐隐作痛。他在卡车里坐得太久了，知道疼痛会复发。"今晚怕是睡不好觉了！"他对白狗说道。

他想，也许自己不应该睡着。他知道那些脏乱的出租农房里满是赌徒和酒鬼，有时还会发生劫案和命案。对于那些天黑后跑出来作案的人来说，一辆破车和一个糟老头儿是很容易搞定的。

令他感到安慰的是，之前为了白狗放了床被子放在车里。夜晚降温迅速，他把被子盖在身上，尽量在座位上舒展开身体。他也想过进入那间农房生火取暖，但他透过打开的房门看了看里面之后，就打消了这个念头。那些腐烂的木地板根本走不了人。要是踩穿地板摔一跤，肯定会摔断腿。就算没摔断腿，在那间破屋里生火没准还会着火，而像他这样得慢慢拄着拐杖才能行走的人，一旦着火肯定跑不掉。

这注定是个难以入眠的夜晚，注定要在被子下颤抖，忍受来自身体的疼痛，还有那如潮水般不断袭来的巨大恐慌。

19

尼丽正坐在桌旁，身边站着山姆·皮克的子女。她向他们重申（以她惯有的说话方式），不能让老人家在没人照看的情况下开着老旧的卡车上路。

"我的天啊，如果你们的父亲活着回来，你们这些孩子应该把他那辆老爷车给扔掉。那辆破车很可能在路上爆炸了，而他还在车里。也许就是这么回事儿。爆炸了！在他开车的时候爆炸了！在他还在车里的时候爆炸了！这些老家伙根本就不应该开车，我自己就从不开车，也没有车，更不想买车。"

没人回答尼丽的话，因为大家一旦接过她的话就会控制不住感情。

"我一直告诫他，'山姆先生，您别碰那辆旧车。'要是那辆破车开不动了怎么办？难不成他走去哈特维尔吗？孩子们，你们的父亲可受不了这样。想到他挂着拐杖，拖着那条残腿，痛苦地迈着步子，尼丽的心都要碎了。"

父亲艰难地拖着条坏腿，一个人拄着拐杖蹒跚前行。想到这一幕，凯莉的眼睛湿润了。

"天，上帝啊！"尼丽再次悲叹道。

已经过了十点。自从尼丽命令霍曼接她过来，一路上她就一直絮絮叨叨，没有一刻停歇。山姆·皮克的儿女们对这种尖锐刺耳的声音一律保持沉默。但是他们自己也不清楚为何，尼丽的存在和她的哀叹声着实让他们安心不少。对他们来说，尼丽就像是他们的母亲，也是可以依靠的家长。

尼丽刚进屋子时的表现非常戏剧化，当她听到山姆·皮克失踪的消息后，她压抑悲痛，挣扎前行，神情显得非常绝望。她在凯莉和凯特的搀扶下，坚持走到餐桌边，然后立即发表观点。她认为山姆·皮克变了，这个变化是那只幽灵般的狗造成的。

"我见过幽灵狗，"她边想边说，"那些狗不会叫，我也从不知道它们都藏在什么地方。你要是看到一只幽灵狗，眨眨眼它们就不见了。当有人过世的时候，幽灵狗就频频出现。而且，你们的爸爸就是因为这只幽灵狗才跟变了个人似的。那只狗在哪？它不在这附近。他肯定正跟着你们的父亲，要把他带到什么诡异的地方去。"

这番话提醒了凯特，她也想知道那只白狗的情况。克莱特县长到来之前，她曾经让诺亚去找过那只狗，他回来告诉她那只狗不见了。

凯特也疑惑，狗去哪了？县长来之前，她就要诺亚去找那只狗了，结果诺亚一无所获地回来了。

"也许他把狗也一起带走了，"诺亚猜道，"或者是白狗跑了，他去找它了。"

凯特随即复述了诺亚的话。

"很有可能。"小山姆说道，他半小时前从田纳西州赶过来，眼神中透出一路奔波的劳累。

"不是那样的，"尼丽反驳道，"我见过幽灵狗，我小时候见过一次。孩子们，那只狗黑得就像黑夜一样，体型大得如同山羊。它的眼睛闪闪发光，就像炉子里燃烧的煤炭一样。幽灵狗会抓婴儿，它们会把婴儿叼在嘴里，然后拖到树林里去。没人能找得到婴儿。我妈说那是因为幽灵狗故意报复婴儿的父亲。跟着山姆先生的狗，就是只幽灵狗。"

"尼丽，别说了，"凯莉请求道，"您吓着我了。"

尼丽咂咂舌头，认真地摇摇头："我们现在只能坐着等消息。"

"但是为什么他告诉我们自己要去看望尼奥·路易斯，而路易斯却一无所知呢？"凯特问她。

"孩子，下次见到幽灵狗的时候，你最好转过头，不要回头看。"尼丽说道。"宝贝儿，"她这样称呼凯莉，"能帮我倒点咖啡吗？等会儿你起身的时候，去看看克莱特县长他们都在干什么。"

"他们睡了，尼丽，"爱玛疲惫地说道，"他们说明天早上再去找找。"

"哦，上帝啊，可怜的山姆先生，希望他不要碰到那帮莫里斯家的孩子。"尼丽喃喃道。

詹姆斯猛地抬起头，问道："尼丽，你这话什么意思？"

尼丽朝詹姆斯招了招手说："宝贝儿，你爸爸曾经见过那些孩子赶着从约翰·爱德华先生家里偷来的牛，他把情况告诉了克莱特县长，后来那个偷东西的男孩因此坐牢了。"

"什么时候？"詹姆斯问道，他站在那里，脸上的肌肉抽搐着。

"哦，孩子，大概一个月以前吧，也许更早。"

"上个星期宣判的，"凯特说，"判了四五年吧。"

"克莱特县长有没有去监狱看看？"詹姆斯愤怒地说。

没人知道。保罗说："应该去过吧。"

"见鬼！"詹姆斯嘟囔了一句，转身走出厨房。他的几个哥哥姐姐困惑地望着他。

"他要干什么？"凯莉低声问道。

"我想咱们最好跟着他，保罗。"小山姆说。

"我觉得你们应该制止他，再打电话给克莱特县长，"爱玛建议道，"你们知道詹姆斯对爸爸的感情，如果他发现有人要伤害爸爸……"她停住了，没有接着说下去。

"噢，上帝啊！"凯特悲叹道。

"詹姆斯是法律专家，爱玛。"劳丝说道。

"他是，但不是这个地方的。"爱玛补充道，"我看我最好打电话给霍特。他和诺亚还有霍曼出去了，我想霍特认识莫里斯家的人。"

"把他们都叫去吧！"凯特乞求着说道。

"等一会儿，再等等，"小山姆肯定地说，"我们还是自己处理这件事吧。如果詹姆斯真要去莫里斯家，我们会跟着他，没必要找太多人去。"

他的妹妹们沉默了。这是一个家长式的家庭，小山姆的弟妹们明白哥哥这句话的分量，因为除了已过世的大哥，他是年纪最大的兄长，处理这件事是他义不容辞的责任。

"天啊，上帝啊。"尼丽绝望地叹道，"那些莫里斯家的孩子品行都很低劣的。"

"不会有事儿的，"小山姆看着凯莉说，"要不，霍曼先带尼丽回家吧，现在很晚了。"

凯莉迅速地瞟了一眼尼丽，尼丽如果想走，便会自动离开。她温顺地说："我再看看情况吧。"

詹姆斯正开车要走，小山姆和保罗拦下了他，然后一起坐进他的车里。

"你要去干什么？"保罗问他。

"去找莫里斯家的人，问他们知不知道爸爸在哪。"詹姆斯说。

"你应该打电话给克莱特县长，让他和你一起去。"小山姆建议道。

詹姆斯冷静地看着哥哥，说道："我一个人去就行了。"小山姆从没见过弟弟如此愤怒。这种愤怒不是因为生气，而是恐惧激发的愤怒。车里弥漫着一股火药味儿。

"记住，你不能没有证据就控告那帮莫里斯少年。"保罗坐在后座，提醒着詹姆斯。

"保罗，我知道我在做什么！"詹姆斯答道，"我是学法律的，让我来处理。"

莫里斯家孤零零地坐落在一条肮脏的道路旁，这条路通向金矿山。这是一栋狭小破旧的房子，院子里满是垃圾和生锈的汽车部件以及农业设备。其中一个房间亮着灯。詹姆斯把车停在前院，前门有微微的光束射过来。

"你们就待在这儿。"詹姆斯对两个哥哥说道，语气不是请求，而是命令。

"控制好情绪。"小山姆说，他看见詹姆斯腰带上的枪套。他记得有天，自己和詹姆斯及雅利在父亲房子旁的小池塘边，詹姆斯也带了手枪。那时雅利曾问他，"你就用那把小手枪射击？"詹姆斯从枪套里掏出枪，瞄准浮在池塘上的一只罐头，"对，就使这玩意儿。"詹姆斯答道。接着，他迅速朝那只罐头开了六枪，水面上的罐头被打得东倒西歪。小山姆被弟弟的枪法惊得目瞪口呆。

"你会带枪吗？"小山姆问道。

詹姆斯没回答，他按了几下汽车喇叭，打开车门，走到那束光前。突然，屋里的灯灭了。

"赫尔曼·莫里斯，"詹姆斯大声说道，"我要见你。"

屋里一阵寂静。接着，一个声音从屋子里传来："谁在外面？"

"詹姆斯·皮克。"詹姆斯厉声答道。

"噢，小子，你最好回去，因为现在有支枪正指着你。"房里的声音吼道。

"山姆！"保罗坐在车里，轻声叫道。

"如果我们出去，事情会变得更糟。"小山姆对保罗说。

詹姆斯朝前跨了一步，他卸下枪套，把手枪举在空中。

"你他妈最好枪法准点儿，"他平静地说，"因为我就是个神枪手。给我出来！"

屋里的声音停顿了一会儿，接着再次响起，"你刚才说你是谁来着？"

"詹姆斯·皮克，山姆·皮克的儿子，我是联邦调查员。"

"你他妈的为什么要见我？"

"我想知道你有没有见过我父亲。"

房里的灯亮了，前门被慢慢地打开。一个精瘦的男人穿着褪色的工作服，小心地出现在门廊上。他端着把来福枪，斜眼看着车灯射出的光束。

"我说小子，你就不会打个电话来问吗？你这样容易吓到别人的，"赫尔曼·莫里斯抱怨道，"我没见过你父亲，为什么你要问我这个问题？"

"他失踪了，也许你知道为什么。"

赫尔曼·莫里斯盯着詹姆斯手上的枪，"我说小子，我不知道你他妈的为什么找上我。我已经一年多没见过你爸了，听说他连床都起不来了。"

"你的孩子们在哪儿？"詹姆斯问。

"他们不在这儿。"

"到底在哪儿？"

"有两个在弗吉尼亚工作，另一个正在蹲监狱，我想你知道的。"

"他们在弗吉尼亚待了多久？"

"一个星期吧，也许更长。"

詹姆斯松开手，走到门廊前。他平静地说，"莫里斯先生，您好好看看我，我的表情告诉您我爱那位老人胜过爱这世上的一切。要是有人敢动他一根手指头，我就让他好看。请您转告您的孩子这番话，或者您也可以向雅利打听我是什么样的人。现在，我那两个做牧师的哥哥正坐在车里，我知道他们正为我俩的性命担惊受怕。他们不认识您，可是我认识。我也不想让他们认识您，我想让他们继续保持自己的信仰，如果您知道任何有关我爸的消息，您最好现在就告诉我。"

詹姆斯看见赫尔曼·莫里斯的脸上闪过一丝困惑。看着他未老先衰的脸上疲惫不堪的神情，他忽然对站在面前的这个男人产生了怜悯之心。

"孩子，我真的没看见过他，"赫尔曼·莫里斯柔声道，"我希望你能找到他，你爸是个好人。有一次他给了我几棵树，还有一些葡萄藤。我的任何一个孩子要是惊扰了他，我一定会要他们给我个交代的。"

詹姆斯把枪放回枪套，他明白赫尔曼·莫里斯说的是真话。他的火气慢慢地消退了，可是手仍然在抖。

"莫里斯先生，抱歉打扰您了，"詹姆斯说，"请恕我莽撞。您知道，他是我父亲，而我不知道他现在身在何处，我很担心。"

赫尔曼·莫里斯点了点头，转身回屋去了。

詹姆斯的车里，看到这一幕的保罗对小山姆说："我向上帝祈祷没人伤害爸爸。如果有人敢伤害爸爸，我就祈祷有人能赶在詹姆斯之前保护他。"

"我明白，"小山姆说，"我们别对詹姆斯说什么，现在什么都不要说。"

"别担心，我不会的。"保罗低声说道。

"我想没人会伤害爸爸，他一定是迷路了。我担心的是晚上外面这么冷，寒气会加剧他髋部的疼痛。"

"我希望他带了药。"保罗说。

"他带了，爱玛说她检查过了，药都不见了。"

"他还带了那只狗去。"

"对，他是带了那只狗。"

他坐在驾驶室的座位上，两腿抽筋。当他挪动时，疼痛如针刺般侵袭着髋部，让他不由得呻吟起来。一股西北风趁势袭来，低低地掠过大地，刮过那户农舍的田地，环绕着他的卡车。风渗入车里，钻进棉被和他身上的衣服，直入骨髓。他从没感受过这般寒冷。他把开车时用的坐垫放到脑后当枕头，努力入睡。半睡半醒之间，他梦见了克拉。

他们一起散步，穿过草坪，朝着远方的一排松树走去。松林附近，一条小河蜿蜒流过麦迪逊农业机械学校的农场。这是他在农场里最喜欢的地方，他曾答应带她来这儿。这一天，天气晴朗，万里无云，青草和野花的芳香扑面而来。

"我们去那儿会被人看见的。"她小心地说。

"那就让他们看呗，"他信心满满地说，"看看我有多在乎你。"

"可是有规定……"

"我们又没干什么，"他申辩道，"我们只是散步罢了，又没做错什么事。"

"我只是想，当别人看到我们从树林中走出来，会怎么想？"

"噢，我才不管呢，我只是带你来看看农场，别人想看我也会带他们来的。每个人都应该看看这片农田。"

"你会被解雇的！"她警告他。

他笑道："学校才不会解雇我，让他们找个比我更能干、勤快的人很难。"

"如果你真被解雇了，可别说我没提醒你。"

"不会的。"

他俩穿过草坪，沿着松树旁的沙子路走着，直到看不见学校的建筑物为止。接着，他钻进树丛，她迟疑地跟在他身后。

"来吧，"他催促道，"这儿不像外面那么热。而且，地上非常软，好像踩在枕头上呢。"

他说得没错，苍茂的褐色松针落在地上，形成了一层垫子。而高耸的树冠宛若一把巨型遮阳伞，让下方的空气异常凉快。

"你喜欢这儿吗？"他问她。

"嗯，喜欢。"她说。

"我到学校的第一天就来这儿了。"他告诉她，"小溪边有棵山核桃树。我下去摘了片叶子放在嘴里嚼，味道居然不坏。"

她困惑地看着他说："你吃树叶？"

"哈哈，当然不是啦。说实话，我只是咬碎了，并没有吞下去。我喜欢树。嚼了树叶之后，就知道哪些是好木材，哪些不是。"

"怎么判断呢？"

他神秘地一笑说："这是秘密。"

"我才不信你呢。"

"是真的，"他向她发誓，"但是你要喜欢树木才行。我就更喜欢和树待在一起。总有一天，我会拥有自己的苗圃，一棵一棵地种树。"

他们在松林里悠闲地漫步，倾心交谈。他知道自己在吹牛，就像马歇尔·海瑞斯那样，但是他喜欢和她海阔天空地聊。

"听！"

"什么？"

"是小溪。"她听见了，附近传来叮咚的流水声。

"小溪附近有苔藓，到处都有，"他说，"味道不错。"

她抬起头，慢慢吸了口气，"是啊，是陈草的味道。"

"我喜欢这种味道，"他笑着说，"有时来这儿，就是为了闻一闻这种味道，它让我想起了小时候在哥哥住的小溪边钓鱼的情景。"

"我们去看看吧！"她说。

他们坐在岸边的一块花岗岩上。这块灰色的石头满是肌理花纹，从岸的这边延伸到对面。她靠在他的肩上，静静地望着白色的水花拍打着溪水中灰色的花岗石。

"喜欢吗？"他问。

她点点头。

"克拉？"

"嗯。"

"嫁给我吧？"他惊讶于自己竟然能轻松自如地说这些话。

她没有回答，头在他的肩上动了动。

"你想要几个孩子？"他鼓起勇气问她。

"不知道。"她说。

"我想要好多好多，要让这块地方到处是他们的身影。"

"为什么要那么多？"

"没什么，只是想要一个大家庭。"

他们沉默了一会，他听到她说："好的。"

"什么'好的'？"

"好的，我嫁给你。"

梦里又浮现出那天她的脸庞，她的眼睛宛若浅褐色的宝石般发出半透明的光芒。她看着他，像在询问什么。

"怎么了？"他问。

她眨了眨眼，一股雾气蒙住了那对浅褐色的宝石，他从她的眼里看见了喜悦。"没什么。"她轻声答道。

他醒来了，全身因为疼痛而发抖。他听见风在卡车周围呼啸，感觉到寒冷侵蚀着他。在他身旁，白狗蜷缩在卡车的底板上，发出呜咽声。它站起来，向他靠近，把脸轻埋在他的胸膛。他看着它，从它的眼睛里，他看到了克拉的眼睛，那对浅褐色的宝石。他不禁放声大哭，将白狗紧紧拥入怀中，宛如拥抱着她。

20

车身上方传来轻轻的叩击声，把他吵醒了。他还没有完全清醒，整个人像是飘浮在半空中。他不知道自己身在何方，也不知道周遭发生了什么事情。他浑身酸疼，髋骨的痛楚令他呼吸困难。他依然感觉到寒冷，接着，他又听到了叩击车身的声音。

"先生？"

车外的声音很大，叩击声俨然变成了一种敲打声。他撑着方向盘支起身，坐起身子朝窗外看。髋间的疼痛延伸至脑部，令他头晕目眩。

"先生，您没事吧？"

他禁不住低下头，强忍着疼痛。

"先生，您能摇下车窗吗？"

他坐直身子，快速地吸了一口气。等到他呼吸均匀之后，他看到车旁站着一个男人。这人长着一张干巴巴的农夫似的脸，戴着一顶草帽，上面印着推土机的标志。他穿着一件蓝色斜纹布的夹克，扣子系得很高，一直到喉咙处。

"您能把车窗再摇下一点儿吗？"这人再次说。

他转动把柄，把车窗摇下一半，那人狐疑地朝里看了看。

"您看上去似乎病了，"那人说道，"您怎么会来到这儿？"

"不知道，"他坦白地说，"我昨天在四周转悠，结果迷路了。"

"我儿子今早看见有辆卡车停在这儿，他说朝车里瞧了瞧，以为里面躺了个死人，让我来看看怎么回事儿。"那人把头一偏，"他的车就停在那儿。"

他顺着男人指的方向望去，一辆小轿车正停在那儿。一个和他父亲穿着同样衣服的年轻人站在打开的车门后面，像撑着一面盾牌一样。

"您肯定快冻僵了，"那人说，"昨晚有霜冻。"

他点点头，髋部的寒气和刺痛令他感到恶心反胃。

"需要出来透透气吗？"那人问道。

"嗯。"他说。

接着，那人帮他打开了车门。

他挪到车门边，把左腿移到踏板上然后对那人说："能把后面的拐杖递给我吗？我没有那个走不了。"

"好的，先生，"那人从后座拿出拐杖，帮他支在地上，"您别着急。"

他用正常的那条腿支撑住身体的重量，双手扶住拐杖，胳膊紧绷着。他试图挪动那条残腿，但他铆足了劲，感到喉咙和双臂的血液都因此翻腾，却依旧动弹不得。

"需要帮忙吗？"那人问道。

他摇摇头说："我蜷了一整晚，现在需要些时间适应适应。"

"我妈的尾椎也不好，"那人说道，"她也用拐杖，我明白。"

他似乎听见了身后传来白狗的呜咽声，随即对那人说道："你能不能后退一下，我把狗带出来。"

那人感到好笑："您说什么狗？"

他转过身，朝车子里望去，白狗不在那里。"我的狗昨天和我待在一起，"他语气肯定地说，看了看那间农舍的院子，"我一定是把它放出来过。"他喃喃自语，却怎么也记不起来昨晚的情景。

"我让我儿子去找找看，"那人说道，"它长什么样儿？"

"白色的，雪一样纯白。"他说。

那人快速看了一眼他儿子，点点头，年轻人忙把目光移开。

"也许我儿子今早看见了您的狗，"那人告诉他，"他告诉我那会儿正在路上开车，看见有一团白色的东西跳进了田里，刚开始他还以为是头鹿。"

"是白狗，"他说，"那是我的狗，您儿子找不到它的。它很调皮，除了我，没人能逮住它。它曾是只流浪狗，我喂它东西吃，然后就成了它的主人。"

"有时候流浪狗确实是您说的这个样子，"那人接着说道，"我叫霍华德·库克，就住在这条路前边儿，离这儿大概一英里。我小时候就住在这儿。"

他对霍华德·库克伸出手，说道："山姆·皮克。"

"皮克先生，您从哪儿来？"

"哈特县那边。"

"离这很远啊，"库克道，"您怎么会到这里来呢？"

"我是想去麦迪逊的，"他说，"昨天早上出发的，但是我可能在哪儿拐错了道。"

"如果您再朝着这条路开的话，会越开越远，"库克说道，"您要不要去我家，我给您冲杯咖啡，煮点儿东西吃？"

"非常感谢，"他说，"不过不必了。你只要告诉我哪条路可以回去就行了，我会在别的地方休息一会儿。"

"这儿周围没什么可以休息的地方，"霍华德·库克立即回答道，"这里远离大路。如果您愿意去我家，我将非常荣幸。每个星期天我都要去附近的小教堂布道，上周我讲了那段'好撒玛利亚人'①。让我也来实践一回做做善人吧。"

"我有两个当牧师的儿子，"他说。

"啊，那这真是上帝的旨意了，"库克说，"我想他们现在肯定在为您祈祷，一定是上帝派我来帮您的。"这个农夫的脸上泛起一丝微笑，继续道："我想如果您的两个儿子碰到这样的事情，

①见《圣经·路加福音》中耶稣讲的故事：一个犹太人从耶路撒冷去耶利哥的途中被一伙强盗所袭，倒在路旁。一个祭司与一个利未人经过，均未理睬；一个撒玛利亚人看见了他，产生了怜悯之心，帮他处理好伤口，扶他坐上自己的牲口，带他去店里照料他。——编者注

您一定也希望他们这样做。"

霍华德·库克和妻子米瑞德以及儿子肯尼斯住在一间大房子里，他平时种田，周日布道。"房子有点儿下陷，"霍华德对山姆·皮克解释说，"但是在我还是个小男孩的时候就想住进这所房子。那时候这幢房子是最漂亮的，属于库米兹家。以前，这一片都是他们家的地产，但后来他的孩子全都离开了，库米兹和妻子也相继过世了，房子就都变卖出去了。那时候我刚好退伍，因此以一个公平的价格将它买下了来。我这房子还需要修整一番，可是比您昨晚到过的那间旧屋子好多了。"

他坐在库克家的餐桌旁，慢慢地品尝着丰盛的早餐。他很饿，但是吞咽困难，所以只能慢慢咀嚼，直到食物变得足够软，容易吞咽为止。之前他已经服了药，现在髋部的疼痛减轻了不少。

"您还要咖啡吗，皮克先生？"库克的妻子米瑞德问道。

他摇摇头，咽下食物，说道："不用了，已经够了，谢谢。"

"您看上去比刚才好多了，"霍华德说，"脸上已经有血色了。"

"我的确感觉比刚才好些，"他点点头说，"食物非常可口，真的，我昨天吃的三明治实在不怎么样。"

"人需要吃热的东西，"米瑞德·库克乐呵呵地说，"我不明白为什么人们总是拿三明治这些东西充饥。"

"皮克先生，您说什么时候必须抵达麦迪逊？"霍华德问道。

"午饭前，"他说，"但我在那儿吃不了什么，在这已经吃得够饱了。"

"好的，现在还有点儿时间，您可以在出发之前休息一会儿，"霍华德说，"这里离麦迪逊不远，大概十五英里，我们这儿刚出格林斯博罗①。"

"我开不快。"他说。

"不用开快车，"霍华德答道，"您的车性能很好，只是不能开太快。车挡有点儿松，您回家以后最好检查一下。"

他点了点头，喝了口咖啡。霍特的警告犹在耳边，他要是知道车挡松动，肯定会生气的。

"我跟您说，"霍华德继续说道，"我本就计划今天去麦迪逊。我可以上午出发，您跟在我后面开就行。"他看了看妻子，她满脸困惑。"米瑞德昨晚对我说得上午出发，今天务必赶到麦迪逊。"

"对，"米瑞德·库克随即明白了丈夫的意思，迅速回答道，"他这个人从不喜欢拖延时间，一定要按时完成该做之事。"

"我不想给您再增添麻烦了。"他说。

"皮克先生，如果您的儿子遇到需要帮助的人，会觉得麻烦吗？"

吃过早餐，米瑞德·库克把他领到一张放有垫子的扶手椅上，地上摆了一个软凳用于搁脚。虽然他觉得自己不需要休息，但不一会儿就进入梦乡了。

---

① 美国北卡罗来纳州中北部城市。——译者注

厨房里，霍华德坐在桌旁研究一张路线图。"我最好能赶快搞定，"他对妻子说，"他原先尝试着不走大道，刚才他提到了卡曼和莱克星顿。看起来，他早在波曼就拐弯了，一直开到卡曼，再到莱克星顿，接着可能一路朝着华盛顿走，再到莎伦，然后越过克罗福德维尔，再开回到二十二区，一直开到四十四区。他要么在那左拐了，要么就是开到了岔道上。有一点可以肯定，他从联盟市出来时就已经迷路了，一定是这样的。"

"他怎么会拐这么远的路？"米瑞德边洗碗碟边问道。

霍华德轻轻一笑说："他给我看了他那张地图。他一定是从四十区出发的，因为他在那一块划了条标记线，应该是用蜡笔标的。我想他视力不怎么好，标的地区有一部分是布拉德河，而且是在河中央做记号。谢天谢地，他错过了那个弯。"

米瑞德微微一笑，"他是个不错的老人，"她说，"他看起来有一点害怕，你应该通知他的家人。"

霍华德折好地图："我刚才也这么想，"他说，"但是我不知道这是否合适，我不喜欢干涉别人的生活。我虽然并不介意助人为乐，但帮助不等于干涉。"

"也许，他的子女很担心他。"

"他说子女们知道他要外出几天。"

"为什么他要去麦迪逊？"

"他说在那儿上过学，要参加同学聚会。"

"他提过他的妻子吗？"

"他没说，我也没问，但是我猜可能已经去世了。他只说有两个当牧师的儿子，看起来他更担心他的狗。他说那条狗跟着他的车，可是我什么也没见着。"

"想必那条狗是躲到谷仓那里去了，"米瑞德说道，"我也没见到，我们家的狗看到其他的狗出现应该会叫的。"

霍华德摇摇头说："不知道，肯尼斯说他看到的东西可能是只狗，他说从未见过这么白的东西，把他吓着了。他告诉我他在开车的时候，感到有东西一直在望着他。当他朝外看的时候，他看见一团白色的东西，还差点把车开到沟里去。"

"嗯，我很高兴你开车去麦迪逊，这样他就可以跟着你了。我开始还不知道你们在聊什么呢。"米瑞德的言语中透出为丈夫的所为感到自豪。

"我猜他不愿意让我开车载他去。载他去是一回事儿，开车领他去麦迪逊又是另外一回事儿。就像你父亲一样，老人家有时候很固执。我猜他想一个人去，因此才单独行动。让我开车领着他是我所能想到的第二好的办法了。"

"他睡得很沉。"米瑞德说。

"是的，我听见了他的鼾声。"她丈夫说道。

"真不忍心叫醒他。"

"我们再等会儿，可以10：30出发，时间很充裕。到时间我们就叫醒他，给他洗好脸，让他换身喜欢的衣服。"

"我想应该熨一下他放在卡车里的那件衬衫。"米瑞德说。

"他会感谢你的。我该去检查一下那辆卡车，看看要不要补充点油或者水之类的。"

　　"我还是觉得你应该打个电话，看看能不能找到他的家人。"米瑞德再次说道。

　　"我会考虑的。"她丈夫满口答应着。

21

　　克莱特·沃顿九点钟出现在山姆·皮克的家中，和他一起来的是一个上了年纪的警官，名叫乔治·迪特威尔德。这两人在客厅里等着山姆·皮克的儿子——小山姆、保罗及詹姆斯——和女儿们——爱玛、劳丝、凯特及凯莉。

　　除了詹姆斯，其他人早早就到了。

　　"我们可能找到点儿眉目了。"克莱特宣布。

　　"什么眉目？"凯特急切地问道。

　　"就是斯宾塞·费尔兹，这儿人人都认识他。今早准备出门时，斯宾塞打电话告诉我，他昨天早上看到山姆先生的卡车朝着艾尔伯顿公路开去。他那时觉得奇怪，好奇山姆先生在干什么，但是后来也没多想。他前天在工厂上夜班，昨天早晨回来之后就蒙头大睡了一天，所以对山姆先生走失一事一无所知，直到今早下班才听说这件事。"

"艾尔伯顿公路？"保罗疑惑地问道，"他怎么会走那条路？"

没人知道原因。老山姆从未独自开车去过艾尔伯顿，那里有很多载着厚重的花岗石板从采石场前往抛光厂的巨型卡车，而他不喜欢夹在那些卡车中穿梭。

"也许他只是转错了弯，"乔治·迪特威尔德推测着，"想必他是想往哈特维尔的方向走，结果走错了方向。有时候老人家就是这样的。"

"对，他们经常这样，"克莱特说道，"我知道有一位叫比奥·哈伯斯的老太太，她经常迷路，每次她都摸不清方向，昏头昏脑往前走。去年我们找了她两次，她说她只是去采草莓而已。"

"而且她出去的时候还光着脚，连鞋也忘了穿。"乔治·迪特威尔德补充说道。

"对，两次都是那样的。"克莱特说。

"我想我爸没那么健忘，"小山姆说，"据我们所知，他记性好着呢。"他看了看爱玛，爱玛点了点头，表示肯定。"现在，您准备怎么办？"他问克莱特县长，"集中精力在艾尔伯顿一带寻找吗？"

克莱特玩弄着手上的帽子，心不在焉地拍打着帽檐，一副沉思的表情。最后他说："对，我已经叫了几辆车，让他们留意周边。我还通知了艾尔伯特和弗兰克林县的县长，请他们做好寻人工作。他们都认识山姆先生。"

"州际巡查队那边呢？"保罗问道。

"我也一并通知了，"克莱特答道，"告诉他们山姆先生卡车的外观，应该很容易辨认。"

"别像尼丽说的那样爆炸了就好。"凯莉愤愤地低语道。

"凯莉，看在老天的分上，"劳丝气愤地对她说，"你不能尼丽说什么你都信。"

"这话说得对，"克莱特同意劳丝的观点，"尼丽是位很好的老太太，我也知道你们的妈妈很偏袒她，但是她总喜欢无中生有，夸大其词。我们要往好处想，我们会找到你爸爸的，他会安然无恙的。他可能只是有点儿犯迷糊，但知道怎么照顾自己。"

"我们讨论一下，"小山姆说，"大家都想想他可能在什么地方。"

"对，说不定你们能想到什么，"克莱特补充道，"你知道今早我来的时候在想什么吗？我想起山姆先生有次来到我房前，要我出去给他卖给我的那几棵山核桃树锄草，他说他不想看到自己卖出的东西就这么荒废了。他是个意志力很强的人，他会没事的。"

山姆·皮克的儿女们想象着自己的父亲命令克莱特县长的场景。父亲就是这样一个人，坚毅勇敢。

克莱特在房间里来回踱步，问道："詹姆斯呢，他在哪儿？"

一阵沉默，无人应答。接着，小山姆说道："今早他出去走了走，我想他需要一个人待一会儿。"

克莱特摇摇头说："我理解，父子情深。不久以前，我还在哈特威尔的理发店看到过他们。从詹姆斯看他的眼神，我就知道他们感情很好。父母往往和最小的孩子最投缘。我想大家应该都和我抱着同样的看法吧。"

此时，詹姆斯正坐在赫尔曼·莫里斯家上方的一座小山坡上。坡上郁郁葱葱，满是树木。清晨的空气依旧非常寒冷，于是他竖起了风衣的领子。他已经快速步行了数英里，只为让自己冷静下来。因为担心父亲，这两天他一直没睡。然而，脑海里还有另外一个人的影子让他无法释怀，那便是赫尔曼·莫里斯。他明白当初如果莫里斯向他开火的话，他一定会予以回击，这样必定会有伤亡。他突然意识到自己的所作所为是多么愚蠢，而他所接受的训练原本并不是为了让他如此莽撞。

莫里斯家炊烟袅袅。他想，莫里斯肯定为他的儿子感到心痛。出于贫困，出于恐惧，出于原始的生存本能，他的那些儿子把自己变成了一群毫无价值的，被社会唾弃的人。希望莫里斯能理解我，我只是担心父亲的安危。

詹姆斯望见赫尔曼·莫里斯走出家门，从柴堆里抱回一捧柴火。他明白，自己已经泪流满面。

22

霍华德·库克紧紧地盯着后视镜，瞧见老山姆的车紧随其后，发出滑稽的噼啪声。当他看见老山姆的卡车颤抖着驶离他家院落的时候，他就知道他开的是三挡，而且并不打算换挡。难怪他的车挡会松。然而，山姆·皮克是个坚持不懈的人，如同《圣经·旧约》上所记载的亚伯拉罕离开哈兰一样，皮克一旦树立了目标，就要尽一切努力克服诸多障碍，就像现在这样，第一挡或第二挡阻碍了他，他还是固执前行。山姆·皮克此时正在他的旧卡车里，笔直地坐在方向盘后，座位上垫了个垫子。他死死地抓着方向盘，好像自己在超速行驶一样。霍华德盯了一眼速度盘，时速三十英里。他想，以这个速度，半小时都到不了麦迪逊。幸好出来的还算早。

车速并没有影响到霍华德，他觉得自己正在做一件自我感觉良好的事，一件看上去很有意义的事。霍华德没有时间思考太多，但是他明白这件事给老山姆上了一课。他相信这是上天的指引，或者理解为是神的介入。山姆·皮克在迷宫般的道路上漫无目的地驾驶着，经过了数十座荒废的农舍，却极其偶然地停在了他儿时住过的房子边。不，不是这样，这件事看起来太简单因此反倒不容易说清，如同大乐透的中奖几率一般稀罕。是上帝把他那无形的、魅惑般的手指放在了山姆·皮克的眼前，指引他穿过迷宫，命他在此停留；上帝亦把肯尼斯的目光吸引到了皮克的车上，最终让山姆·皮克与霍华德·库克在此相遇。这场相遇必有深意，绝不仅仅是让他帮助山姆·皮克赶到麦迪逊。

通过后视镜，霍华德看见老山姆的车开得更加平稳了，只是略微有些颤动，然而老山姆还是紧握方向盘。白狗坐在他身边的座椅上，从窗外看，它的小脑袋和耳朵几乎看不见，雪白的皮毛就像太阳落在窗户上的映像。霍华德想，真是只奇怪的狗。山姆·皮克在院子里唤它的时候，它不知从哪儿冒出来了。霍华德和妻子在客厅里透过窗户一直观望着，因为早前老山姆说过，如果任何人和他一起站在院子里，白狗就不会出现，所以就像老山姆所期望的，两口子一致同意躲在客厅不露面。"那只狗不在这周围，"霍华德低声对米瑞德说，"也许在公路上能找到，但是肯定不在这儿，否则我们家的狗早就叫了。"接着，山姆·皮克拍了拍手，叫道："来吧，丫头。"然后，白狗就在他身边出现了，抬起前腿轻碰他的拐杖，霍华德和妻子看到这一幕简直惊得透不过气来。

霍华德想，或许，上帝赐予他的指引就在那只白狗身上。白狗也许就像约拿故事中的白鲸①，又似丹尼尔②身旁的狮子或者诺亚方舟里的白鸽一样。或许，白狗是上帝发出的信息，而山姆·皮克只不过是信使罢了。

霍华德耸耸肩，不再去想白狗身上可能隐藏的秘密。他用手掌抚摩着方向盘，刚才他想太多走神了。上帝把山姆·皮克送到他这儿，因为他知道霍华德会帮助老山姆。就这么简单，没必要再去反复推敲了，好似他认识的一些牧师那样。那些《圣经》上最简单的诗句，字里行间本来透露着童诗般的可爱清新，却硬是被他们读得悲观牵强，如同世界末日即将来临般让人不安。霍华德不喜欢那种牧师，他们刻意让人们恐惧，让人们有求于己，还乐在其中，就像在腐烂的动物尸体上空盘旋的秃鹫一样。霍华德一直是个好邻居，一个热心人，仅此而已。这样应该能满足上帝的要求。他带那个迷路的老人回家，招待他吃喝，让他休息。妻子给他准备洗澡用的热水，又为这个迷路的老人熨平衬衣。眼下，他霍华德还把老人送去目的地。他想，上帝要是知道他的所作所为，一定会很欣慰的。

他不明白为什么霍华德·库克一直开这么快，车速如此疯狂，就像身边一晃而过的那些车一样，仿佛是团模糊的彩色金属飞了

①出自《圣经·约拿书》：上帝为惩罚约拿，在海上掀起风浪。约拿知道因为自己触犯上帝的旨意才招致灾难，便让水手们把他扔进海里。上帝安排一头鲸吞下约拿，让他在鱼腹中待了三天三夜，待其彻底悔悟后，再让鲸将他吐出。——编者注
②《圣经》中的希伯来先知。——译者注

过去。他不禁恼怒地想，要是我有钱、身体又吃得消的话，我情愿去坐飞机，开这么快没有道理嘛！霍华德·库克是个好人，但是开起车来就像诺亚和霍曼一样莽撞。那两个人开车的时候太疯狂了，他们从不看路边，只是全神贯注地奔向目的地。可他不一样，他喜欢看车外的风景。公路两边总是有一些值得记忆的事物——比如阿巴拉契河，那是一条蜿蜒迂回，水流轻缓的河流。他记得年轻时，在麦迪逊农业机械学校，他经常和马歇尔·海瑞斯去那河边钓鱼，总是会为农民们带回许多鲶鱼，然后大家就在户外生火，把钓来的鱼放在一个黑色的大平底锅上煎着吃。他曾经在河沙里找到过一些印度瓷器的碎片，学校的一位历史学教授随后专门就美籍印度人的主题做了个演讲。诸如此类的事情都非常值得回忆。

通过控制方向盘的双手和手臂他能感觉到，卡车一直在颤抖，还发出阵阵嗡嗡声。他担心车厢或生锈的车斗中会突然飞出东西，然后这车子就会如他般跛行；要么就干脆报废在半途上，机器零件中冒出蒸汽，就像人的灵魂穿过天堂入口。他不禁想，万能的主啊，霍华德·库克居然把车速开到每小时 40 英里，真没必要开得这么快。

接着，他看见霍华德的车在他前面放慢速度，左转向灯也开始闪烁。霍华德曾说到教堂时会向左来个急转弯，看见铁路后再向右打方向盘。他看见了左边的教堂，霍华德的车渐渐放缓，停下，然后开始转弯。他看着路况，犹豫着。"这是个大弯，"他记起霍华德这样对他说，"您得时刻注意交通路况，那是个弯道。"他没发现其他的车，于是轻踩油门，卡车以极慢的速度困难地爬行，紧跟在霍华德的车后，随后又跟其右拐。当然，他没看见霍华德·库克难以置信地摇了摇头，也没听见库克感谢上帝让某辆拖拉机及时减速，好让山姆·皮克嘎嘎响的卡车开到它前头去。

"耶稣基督，太感谢了。"霍华德说道，嘴唇都因为紧张变得干涩。

通往麦迪逊的路标对他来说已经非常陌生，但他本能地知道这里离年轻时读书的地方不远了，仿佛一只装上了雷达的鸟儿，只循着记忆便能回到遥远的家乡。他放慢车速，在他前面，霍华德·库克也慢慢减速。"我们快到了，丫头。"他对白狗说。白狗看着他，呜咽了一声。"我熟悉那儿，过去我在那儿锄过地。"

他看见右手边远处的红砖建筑物，"就在那儿，"他说，"那就是学校的原址，后来推倒重建了，现在是所中学。我也不知道为什么要重建，但是确实如此。"

霍华德看着车里的仪表盘，显示的速度是每小时20英里。他知道山姆·皮克终于认识路了。他看了看表，现在是11：30，皮克曾告诉他午餐是12：00开始。他想，我们到得很及时。他打算在通往摩根县立中学的路上和山姆·皮克告别，找个借口进城办事，其实是歇上一会儿再回家。另外，他还计划做件事情：打电话给老山姆在哈特县的家人，告诉他们这件事情的来龙去脉，并且建议他那两个当牧师的儿子过来接他。如果山姆·皮克在去麦迪逊的路上迷路，那么他肯定也会在回去的路上找不着方向。

"很高兴认识您，皮克先生，"霍华德对他说，透过卡车车窗同他握手，"祝您聚会愉快。您要是还在走这条路，欢迎再来我家。"

"我应该付些酬劳给您，"山姆·皮克说道，"您和家人这么竭尽所能地帮助我，让我过意不去。"

"不用，先生，"霍华德乐呵呵地说，"我们所做的事微不足道，很高兴能够认识您。"

"我也很高兴认识你们，"他说，"如果下次你来哈特县，我定会尽地主之谊，好好回报你的。"

"会有这么一天的，"霍华德答道，"我们隔得也不远，或许我会去您那儿，然后您可以送我一些您曾提过的树苗。如果您送我几棵梨树我也会喜欢的，呵呵。"

"那您来之前一定告诉我，我精心挑几棵给您留着，"他说，"挑出最好的几棵。"他没有种梨树，但是他准备在别处订购，然后假装是自己种的。

"我会的，您自己保重啊，如果您有什么需要，就要别人打电话给霍华德·库克，电话簿上有我的号码。"

"好的，非常感谢。"他再次同霍华德握了握手，目送他走回车里，绝尘而去。他准备把遇见霍华德一事写进日记，也准备往霍华德的教堂寄张支票。他会模仿克拉的做法做好这些事情。

他从通往学校的公路下来，转到了中间的一条公路上，然后在旗杆边停车。那里已经停了一排车子，这些车子都被清洗过，上面还打了蜡，看上去闪闪发亮。他的卡车停在这些车中间，显得分外寒酸又惹眼，令他有种无所适从的感觉。他坐在车里，挠着白狗的脖子，看着摩根县立中学的校舍以及那排闪亮的车子。他用了一天半的时间才到这儿，现在却感到浑身不自在。没人会驾着辆老爷车来这儿，也没人身边会跟着只狗。白狗在他手边不安地挪动着，不住地望向窗外。

"我猜你或许想出去转转，"他对白狗说道，"等一会儿，再等一会儿，我们先坐一下。"

另外一辆白色加长的豪华轿车从车道缓缓驶来，停在其他车辆旁边。一位年轻又有活力的女士灵巧地从驾座上下来，接着忙不迭地去开后座的车门。半晌，一位虚弱的驼背老者从车子里下来。他穿着一件浅蓝色西装，白发飘荡在风中。这位老人十分瘦弱，似乎一阵狂风就能把他刮跑。他拄着拐杖，挪了好几步才到了走道上。他似乎抬不起腿，只能一步一步地往前蹭。接着，老人停住脚步，双手撑住拐杖的手柄，慢慢将身体转了180度，望了望四周，似乎在记忆里搜寻着什么。他身旁的女士半举着双手，时刻准备着去扶他。她大声地笑着，对老人说着什么。

这人会是谁呢？他心想。谁会老成这样还来参加这次60周年聚会呢？他试图将眼前风烛残年的老人与记忆中阳光年少的伙伴们对应，但是怎么也对不上号。罗尼斯·卡斯威尔？罗尼斯有着一头浓密的金发，每当他奔跑时，那头秀发总是飘逸如风。但是，罗尼斯已经死了。那这个人，又会是谁呢？

他注视着这位老人及其身旁的女士。从外貌上看来，那应该是他的孙女。他们来到这座建筑物前，女士兴奋地和老人聊天，扶着她那弱不禁风的爷爷，时刻防备着不让他摔跤，否则这一跤下去肯定会摔断骨头的。他心想，我的天啊，我们有这么老吗？有这么老吗？他想起了自己的某个孙女，她总是拉着自己，吸引他的注意。若是他要求，她也会驱车带他来参加这次聚会，也会扶着他一路走向学校，为他开门，小心看着他，以免发生意外。

那幢大楼的门开着，一位身着盛装的妇女款款走出，灰蓝色的头发盘在头顶。他一眼就认出了她：玛莎·道威·科尔。她拿着张纸，站了一会儿，看着这些耀目的车辆。她瞥了一眼他的卡车，接着挪开视线，转身返回那幢建筑物。他想知道她出来是否是为了寻找自己。记得有一次，在他宣布和克拉订婚之后，玛莎笑嘻嘻地对他说："喂，我说山姆，你不知道吗？我一直都很关注你哦，现在你却被另一个女人套牢了。"她大笑着，飞快地抱了他一下，随后一蹦一跳地找其他同学去了。

"我们走吧，"他对白狗说，"我带你去个可以活动的地方。"他踩下油门，拉动换挡杆，感觉车子抖动了起来，接着他用左腿（那条残腿）松开离合器，卡车便平稳地驶离了这个地方，"终于挂对了挡。"他喃喃道。

这条路还在这里，如同他第一天报到，然后变成麦迪逊农业机械学校的农林监督员时一样。这条路通向他向克拉求婚的那条小溪。这里曾是一片农田，他曾在这种过玉米、小麦和棉花。虽然现在路边尽是草丛和松树，但他依旧认得这条路，此刻卡车也在他手里变得无比顺从，任由他一直开到那条小溪。

小溪的岸边是一片阔叶林，阔叶林的边缘覆盖着草地。他坐在车里，放慢车速，缓缓而行，欣赏这片草地和树木。"过去这附近有条驿道，"他慢慢回忆着，"如果这条驿道还在的话，我们可以开过去。"

他没看见那条驿道，但却看见满是刺头的铁篱笆中立着一道闸门。水沟上放了一根巨大的排水管，方便过往车辆通行。他非常轻松地把车开过了那条沟渠，走出车门，蹒跚地拄着拐杖走到篱笆前，推开了那扇门。接着，他走回车里，开进草地。他一点儿都不担心待会儿得重新关好这扇门，这里安上篱笆的原因只有一个，那就是防止牛偷跑出去，可是他没瞧见什么牛群。而且，他一点儿也没有侵入他人领地的感觉。没人像他这样对这块土地如此地熟悉与眷恋。

这片草地被夏天的热气烤得极其坚硬，车辆行驶在上面很轻松。他沿着松树带那优美的曲线前行，直到找到一个靠近水源的地方。透过那些树木，他望见了那块从土地中凸出的花岗岩，知道自己已经到达目的地了。他把车停稳，走出车厢。暖暖的阳光照在后背上，让他感觉非常舒服惬意。"来吧，丫头，"他对白狗说道，白狗随即从车里溜出来，"去玩吧，丫头，跑吧！"

现在已经过了 12 点了，摩根县立高中的重聚午餐会正在举行，玛莎·道威·科尔此时正极其庄重地在这些稀稀落落的老人间主持这场餐会，但他却很高兴自己没有出现在那些人当中。当然，如果克拉还活着，如果克拉和他在一起，那就是另外一回事了。没有她，一切都变得毫无意义。

他从手提箱里掏出日记本，然后放在衬衫里，小心地走到一片阴凉处。他找到那块曾和克拉一起坐过的地方。在那里，他可以看见水花四溅，鱼群争食。溪水的芳香和苔藓的味道闻起来还像 60 年前一样清甜。他用脚拨了拨树旁的地面，支着拐杖弯下身子坐了下来，然后把那条残腿伸直。他打开日记本，拿出那张克拉和马歇尔的照片，细细看了许久。接着，他把照片放好，拿起笔颤抖地写道：

今天是 60 周年聚会的日子，我却没有到场。现在，我正坐在 57 年前向克拉求婚的位置，这里才是我想来的地方。我一直都喜欢这里。我曾经希望克拉能陪我一起在这里追忆往事，然而，万能的主对她的命运却另有安排。我们应该早点来的。我依然记得，我俩越过农田，来到这里漫步。那一天，是我此生最美好的日子。我多么希望能重活一回，但我知道，这是不可能的。如今，我只能将这段回忆铭记在心。我现在很疲倦，昨天在车里没睡好。一个叫霍华德·库克的基督徒和他的家人助了我一臂之力，否则此时我无法坐在这儿。我想今天就开车回家，但是如果天色变暗，我便会找个地方停留，然后找个房间歇息。想必孩子们已经知道我没有去尼奥·路易斯那里，他们现在一定很担心我。我相信，孩子们从今往后会把我看得更紧。此刻，白狗在丛林之中奔跑，它像我一样喜欢这块地方。

也许是写得太久，他的手有些抽筋。溪水的潺潺声令他昏昏欲睡，但他知道现在不是打瞌睡的时候。他看看表，已经在这待了一个多小时了。接着，他开始呼唤白狗。"来吧，丫头，回来吧。"白狗飞快地奔向他，躺在他身旁，把脑袋枕在他的膝盖上。"现在可不是休息的时候，"他说道，轻轻地拍了下白狗的小脑袋，"我们该回去了，还有很长的路要走呢。"

他在小溪岸边伫立了良久，望着溪水潺潺流淌，鱼儿纷纷涌过来争抢食物。以后恐怕再也没有这样的机会了，他想最后一次看看这片土地，把这里的一草一木永远地印刻在记忆中。接着，他开车返回，越过草丛，重新拨下篱笆边的门，驶往通向麦迪逊的路。他再次看了看表，已经是下午两点。然后，他向右转，朝学校的方向驶去。

此刻，学校里没有了先前壮观的车列。他把卡车驶进车道，仍然在路边停了下来。"你在车里待着，"他对白狗说道，"我不会去很久的。"他拄着拐杖，穿过街道，朝刚才玛莎·道威·科尔出现过的那幢大楼走去。令他惊讶的是，大楼的门并没有上锁。

他走了进去。这已经不是年少时期的那幢大楼了，走在里面让他有种好奇又不安的感觉。他不知道自己为什么要来这里，他想要寻找什么？他曾经那么盼望这趟远行，心里时常惦记着，坐立不安了好几个星期。一路上还让别人担惊受怕。好不容易到了这儿，却并没有想象中的激动，一切平淡得难以置信。

他沿着走廊前行，有一扇通向学校食堂的门。他推开门，走了进去。午餐会的装饰物还没撤去——气球、碎纸带和横幅都还在那。横幅上写着：麦迪逊农业机械学校重聚会，上面的金色和紫色都有些褪色了，看起来已经被使用过多次了。他看了一会儿这间空荡荡的房间，他想，午餐会并没有持续多久。60年的沧海桑田可供他们畅谈，却仅仅两个小时就这样结束了。也许，他们来这儿的目的并不是谈论各自60年的人生经历，也许，都只是像他一样来寻找一些不复存在的东西。

他拄着拐杖，重新走到门外，然后慢慢挪到走廊处。他的头微微低着，没意识到有人正朝他走来。

"是山姆吗？"她问道，"山姆·皮克？"

他停下脚步，抬起头。

"是我，玛莎。"

23

"要不是我回来取落在这的文件，恐怕只有想念你的份了。"玛莎·道威·科尔说道。她执意要和山姆谈谈，把他带到食堂餐桌旁。现在，她坐得离他很近，声音清亮，脸上表情生动，充满活力，宛若少女时期一样。

"我可不相信你孙女的车在路上抛锚了，"她说道，伸出双手摩挲着他的手，"如果真是那样，那可真够糟的，山姆。每个人都问起你，我告诉他们你会来，因为之前已经收到了你的注册卡和支票。但是我想，你在路上一定是发生了什么状况。"

"车子要重新启动，所以费了一点儿时间，"他撒了个谎，"我孙女把我留在了这，然后去逛城镇去了，我想四处走走瞧瞧。"

"你今晚会待在麦迪逊，对吗？"

他摇了摇头说："我孙女明天要回到家里，她住在亚特兰大。"

"可是，山姆，今天日子多么特别啊！"玛莎·道威·科尔有些不悦，但很快声音又变得柔和起来，"也许对我们大家来说，这是最后一次见面了，没人提议再聚一次。"

"我希望能留下来，玛莎，但是，还是不行，"他说，"我刚才在外面是等我孙女，我们必须得回去。"

"那好吧，我不勉强，"她说，"跟我说说你的情况吧。克拉呢？她好吗？"

"今年早些时候过世了，"他简明扼要地答道，"她曾经很想来参加这次聚会。"

"她是怎么走的？"

"心脏病。她走得很快，没什么痛苦，我很感激这一点。"

玛莎脸上的皱纹此时显得更深了，她十分悲伤地说："我的丈夫大卫得了癌症，几个月前也走了。他那时被病痛折磨得不成人形。我希望我离开人世的时候像克拉一样，快一些结束生命，这样的死法对我来说比较仁慈。"

他没答话，看着玛莎的脸庞，她的双眼一如年轻时那样炯炯有神，清澈湛蓝。

"我一直没忘记克拉，"玛莎突然说道，声音也变得轻快起来，"她那样美，女生们经常这样谈论她——她真漂亮啊。而且我告诉你啊，山姆，当她开始和你交往的时候，有很多女生都羡慕至极。"她咯咯地笑起来，"遇见大卫之前，我曾经也是那群人中的一员。"她再次轻碰他的双手，"山姆，你那时是个帅小伙，总是很羞涩，但是依然很帅。你知道吗？那时候，我经常偷偷观察你在地里干活。我知道将来你的成就会不一般，会成为一个大人物，而你真的做到了。山姆，你做到了。"

"不一般？"他吃惊地问道，"我不明白你为什么会这样说。"

"上帝啊，山姆，你一直都在写作啊。我订阅了一系列的园艺杂志，经常读到有关你的文章。而且很多人的文章引用了你的见解，非常深刻，你是南部地区林业方面的专家。你知道连我的院子里都种了你的树苗吗？"

"啊？"

"我派人去买的，曾让销售人员向你转告买主是我，但是当我后来问起的时候，那人却说他忘了。我想他是怕说错什么话。我原来也写过东西，但是没坚持下来，我都不确定你是否还记得玛莎·道威·科尔这个人。"

"我不知道这些事，"他告诉她，"抱歉，那个销售人员什么也没对我说，我肯定没忘记你。如果你告诉我，我肯定会挑最好的树给你，希望你买的那几棵长得都不错。"

"长得很茂盛，都是山核桃树，是你研究过的特殊树种。整个夏天我都坐在那些树下乘凉，真的很凉快。"

"做过那些研究后，我就处于半退休状态了。"他平静地说。

"当然，你也该退休了，"她说，"但是你退休之前已经小有名气了，还有你当牧师的两个儿子，他们也很出名，我知道。"

他想到霍华德·库克，想知道玛莎是否认识他。但还是没有提，于是顺着她的话说道："儿子们还算争气，"他说，"女儿们也是。

我的几个孩子都不错，大部分要归功于克拉。"

"我，我都没有孩子，"玛莎说道，"有时候，我觉得很遗憾。大卫非常想要孩子，但是我们没这个福分，你明白吧？山姆，还好你当初没有和我走到一起，否则你就没有那么多优秀的子女了。"

他不知说什么好，只能避开不看她的脸。

"山姆，别为我感到难过，"玛莎快速说道，"我和大卫在一起过得很好，我们四处旅行，看遍大好河山，赏遍天下美景。而且，我很喜欢麦迪逊这个地方，我不知道世上还有什么地方能让我如此眷恋，即便我已走遍了全世界，从欧洲到亚洲。虽然麦迪逊已经物是人非了，可是我依然觉得这里还像从前一样美丽。"

"这儿是变了很多，"他说，"像这所学校，这些建筑被推倒的时候，也推倒了我曾经的记忆。"

玛莎·道威·科尔点点头，闭上双眼，似乎在脑海中重现当年的情景。"我曾经抗议过，山姆，"玛莎随即睁开双眼说道，"我竭尽所能阻止他们拆掉原址重建，但那是很久以前的事了。而且那时，女人的力量实在太卑微太有限了，"她微微一笑，"不像现在这样有地位。"

"今天有多少人到场参加午餐会？"他问。

玛莎拍拍手说："没多少，算上我 11 个，你要是来了就是第12 个。谢天谢地你终究还是出现了，对吗？只不过晚了会儿罢了。一共 12 个人，12 个人在麦迪逊聚首。对于 60 周年的聚会来说不算少了，是吧？"

他本想问玛莎刚才停车场上那个满头银发、瘦弱不堪的老头子是谁，但是他知道不能问。"嗯，比我想象中的要多。"他说。

"太多人都已经不在这世上了，山姆，太多太多了。但是，这也在意料之中，不是吗？我们现在都80多岁了，我不指望还能活多久，你呢，山姆？"

"我一直都认为自己能活到100岁，"他轻轻答道，"当然，那只是我50岁时的想法，现在倒没怎么奢望了。"

"山姆，你会害怕死吗？"

"有时候吧，但是也没多想。"

"我也是。"玛莎握了握山姆的手，她的手很温暖。她接着道："很多次，我都想让时光倒流，回到年少时期。我想再次体验奔跑的感觉，跳舞的感觉，可以做很多自己喜欢的事情的感觉，但是我知道这是不可能的。山姆，你知道我经常做什么吗？我时常拿出相册，一张张地翻看，假装这些照片是前一天才拍的。这让我觉得自己重返青春。之后我会看着镜中的自己，或者看看自己的手……"她举起放在他手中的双手，看着瘦骨嶙峋的苍白肌肤，"我看着这双手，才明白自己的想法是多么愚蠢。"她低语道。

他触碰着她的双手，把它们轻轻握在掌心里。他想，她仍然像个孩子。这个高贵典雅、气质非凡的女人，仍然是个孩子。此刻，一层薄雾蒙上了她那双清澈湛蓝的眸子。

"玛莎，我很高兴还有机会见到你。"他说。

玛莎点头微笑，站起身，鼓足勇气说道："我想我该走了，山姆。今晚之前，还有许多事情需要处理。大伙儿都在四处参观，几个来自商会的年轻人正在领着他们四处看看。"

他拄着拐杖，说道："我和你一起走。"

"好的。"

他俩并肩走出学校食堂，彼此不发一言，走过大厅，来到大楼前。

"你确信你的孙女马上会来吗？"玛莎·道威·科尔问他，"这周围一个人也没有，除了门卫，那辆卡车肯定是他的。"

他瞧着自己的卡车，看见白狗从车窗里望着他。"她马上就来了，"他说，"我就在这儿等她。"

"好的，再见山姆，"玛莎说道，"我想我们不会再见面了。"

"会的，"他说，"也许我们可以一起活到100岁。我们还有一次同学聚会，只有我们俩的聚会。"

她跨过他的拐杖，快速地拥抱了他，接着，走向自己的车。

他一直等到玛莎·道威·科尔的车驶离视线，确信她不会再回来了才坐进卡车，踏上返程的路，再也没有多看这个他根本就不熟悉的学校一眼。他对白狗说："我们还有很长的路要走哦。"

此刻，他正在公路上朝着格林斯博罗^① 开着，忽然耳后传来

_____

①美国北卡罗来纳州中北部城市。——编者注

一声喇叭响。他放慢车速，看着后视镜，只见后面的车里伸出一双手臂不断向他挥舞。接着，那辆车在他身边停下。他从车窗望过去，只见詹姆斯正向他打着手势，示意他在路边停车。

"噢，丫头，他们找到我们了，"他对白狗说，"我很高兴。"随即，他忙不迭地把车刹住。

24

当家人围起来，就因为他说都不说一声就前往麦迪逊而质询他时，他表现得极为愤慨："我是最后才决定去麦迪逊的。我随时都能去看尼奥·路易斯，但是60周年聚会对我们这些老人来说可能是最后一次聚会了。你们的妈妈去世之前告诉我她很想去，所以我去了麦迪逊，我既是帮她也是帮我自己完成了心愿。我只是做了我应该做的决定。"

他们解释说尼奥·路易斯对他的计划一无所知，结果很轻易地就被他反驳了。"尼奥已经老了，"他满不在乎地说，"也许他忘了。"他理直气壮又愤怒的说话方式不禁让其子女感到疑惑：到底是尼奥忘了还是自己的父亲忘了？

"我不知道为什么你们那么担心，"他说，"我和白狗在一起，它会照顾我的。"

"孩子们，"尼丽私下对凯特和凯莉说，"那只狗可没闲着，就是那只狗把你们的父亲带去麦迪逊的。那是只幽灵狗，当他和白狗在一起的时候，你们应该紧紧看住他。他会再溜走的。"

然而，他再也不会独自一人远走了。他允许儿孙们开车载他去所有需要去的地方——理发店、杂货店、银行等。有时候，他们会载他去参加葬礼，和坐在殡仪馆大厅扶手椅上的那些人在一起。

"又有一个人去世了。"那些人总是面无表情地谈论着，然后就会赞美那个离世的人在世时的美好。逝去的人总是令人津津乐道，他们抑或调皮，抑或节俭，抑或强壮，抑或害羞；时而易怒，时而勇敢，时而外向；还有一些其他评论之词。而其缺点自然而然会被人们谅解。那些健在之人一致认为：死去的人都是可爱的，而他们这些正坐在自家门廊处的扶手椅上哀悼死者，暂时把死者捧上神坛的人，也不过是在等待自己也变得可爱的那一天而已。

艾拉·卡特。

汤姆·马宝利。

奥斯卡·毕顿博。

赫尔曼·杜得利。

这些人一个个都走了，他都参加过他们的葬礼。

他们的名字都曾在电台的讣告中出现过。每当哀乐响起，播音员就会开始播报，声音肃穆。那时，他就会一一照实记录下他们的姓名。

彼德·莫利那斯。

尼奥·路易斯。

"再也不需要那些扶手椅了，没人会坐在上面了。"

"万能的主啊，太多人离开我们了。"

"我们自己也离死期不远了。"

"确实，确实如此。"

他去参加葬礼，倾听着赞美死者的悼词。然而这些人当中，只有一人的离世深深地打击了他——那就是尼丽。在他的麦迪逊之旅三年以后，尼丽去世了。他为此悲泣了许久许久。他特意为尼丽订购了一个硕大的墓碑，上面刻着他所有子女的名字。

随着时间悄悄流逝，他对修家谱这件事变得感兴趣起来。每周他都会花上很多时间写信。他仔细地搜集家族谱系中各个亲属的信息，并用树状图一一列出。从乔治亚州到卡罗来纳州，从卡罗来纳州到弗吉尼亚州，从弗吉尼亚州到宾夕法尼亚州，再到英格兰、爱尔兰，他发现祖先中有手工业者、政治家、牧师、木匠、铁匠、小偷、农民、战士、新闻记者及教师等等。每发现一个人，他的孤独便减少一分。

他也尝试做一些以前不常做的事——他开始随意和孩子们谈论自己孩提时代的往事。每当此时，孩子们就会惊讶于父亲曾经的模样。

"真有趣，想当初妈妈在世的时候，爸爸都没这么多话，"凯莉对凯特说，"现在，他整天都在提他的陈年旧事，詹姆斯说爸爸经常给他讲故事，但他跟我们中的其他人可没说过这么多。"

"我想詹姆斯对他有着特别的意义，他是最小的孩子，"凯特说，"爸爸说的话有多少是真的？老人家总喜欢夸大其词，然后指天发誓、自圆其说，尤其是旁边没人阻止的时候。电视上就有人谈论过老人这方面的行为，好像是叫阿特·林克莱特。"

"天啊，凯特，别再说了！"凯莉叫道，"爸爸可不糊涂，他清醒着呢。"

"不知道，"凯特说，"你听妈妈说过爸爸有个妹妹死于天花，和许多人葬在一个公墓里的事吗？"

"没听妈妈说过，但爸爸说确有此事。"凯莉争辩道，"对我来说这就够了。虽然之前他一字半句都没讲过，但这并不代表什么也没有发生。"

"凯莉，那个死于天花的人是我们的姑姑啊！"凯特难过地说，"我们甚至不知道去哪里为她献花祭扫。"

他的子女们时常带着自己的儿孙来探望他，让那些孙儿们簇拥着他。小一点儿的就坐在他的膝盖上，伴随着"小心别伤着爷爷的腿"之类的嗔怪声撒娇打闹。每当这时，他就会给孙儿们吃藏在罐子里的松软的薄荷糖。他认不全所有的孙子孙女，但是会假装都认得。他送给他们硬币作为奖励，寄给他们从店里挑选回来的贺卡（凯特和凯莉会提醒他孩子们的名字和出生日期）。当孩子们都回去之后，屋子里恢复了沉寂，他就会安静地坐在椅子上，仔细地聆听，仿佛房间里还萦绕着孩子们嬉闹的声音。他想听多久，回音就持续多久。

他会定期去克拉和长子的墓地祭扫。在他看来，陵园是个让人平静安宁的地方，那里的一切都可以变得很祥和。

白狗始终和他在一起，一直陪着他。每当夜晚，白狗便会蜷缩在他的床尾，旁人仍旧没有摸过白狗。

他照样写日记，简明扼要地记录着日常琐事。

——今天收到订阅的树种目录。我再也不会订购种子了，但我喜欢看目录上的花朵照片。

——劳丝和泰博今天过来看我，向我展示了他们的新车，是辆福特。

——下午打盹的时候，我梦见了40年前来过我们家的几个吉普赛人，不明白自己为什么会做这样的梦。

——今天是母亲节，为了纪念克拉，我去教堂送了束花。

——今天，有一个纽约人来拜访我，问我是否还卖树苗，因为他父亲曾经在我这里购买过。我告诉他自己已经退休了。况且，七月中旬是流树液的时候，不是卖树苗的好时机。这个人走了以后，我记起詹姆斯曾经把四株棉花苗卖给了一个纽约人，卖价一美元。他告诉那个人这是稀有的南方植被，不必担心因为一路颠簸而枯萎。我那时候还因此打了他一顿，但也从此知道，不用担心他把自己饿死了。

——一天都在下雨，气候阴冷无比。我开了取暖器，白狗和我待在房里。

——凯特与凯莉今天来清扫房子。周末的时候爱玛与劳丝会再来打扫一次。女儿们说她们不想看到这里一团糟，真搞不懂这群丫头。

——今天，尼丽的一个孙子过来了，还带了些新鲜的牛腰肉给我。他是个浅肤色的帅小伙，像尼丽的其他孩子一样彬彬有礼。尼丽曾教导他们要过正当日子，现在每个人都过得不错，很久没吃到这么新鲜好吃的牛腰肉了。我还是很想念尼丽。

——今天，髋部出奇地痛。除了吃饭和喂狗之外，我一直都待在扶手椅上。

——今天听到电台里有个牧师歇斯底里地宣称世界末日要来临，要求大家捐助，直到末日降临。他声称地球将于1979年3月10日毁灭。我会在3月11日寄张支票给他。

1980年晚春的一天，他正在看电视，节目里正播放着有关癌症的症状。他对照着那些讯息，立即意识到他的死期马上就要来临了。

节目结束后，他呆坐了良久，双目紧闭，感到癌细胞正张着血盆大口啃食着他鲜美的肉体。他知道那些变异的食人族就在自己体内，他能感觉得到它们在移动。

他想，我不会那么快死的。我不像克拉。我的心脏里没有定时炸弹。不，我不会这么快死的。

他呼唤白狗，白狗快步跑向摇椅，把脸凑近他的手使劲摩挲着。

"丫头，我会很痛苦的。"他安静地对白狗说。

这晚，他在日记中这样写道：

> 今晚我意识到自己得了癌症，将不久于人世。不知道自己还有多少时间，但我明白一定会很痛苦。希望上帝赐予我面对病痛的力量。我也不想给孩子们带来任何负担，希望能像克拉一样快速结束生命，但我不相信一切都能如我所愿。我会像海蒂·路易斯一样死去，虚度时日，活活等死。我知道自己的预感是对的，我得了癌症，但明天还是要约医生。如果运气好的话，不久我就会和克拉与托马斯相聚了。

三天后，一名来自雅典的医生确诊了他所预知的病症。

"我还剩多少日子？"他问医生，他准备实事求是地面对。

"很难说，皮克先生，"医生语带疲惫，面露忧伤，"也许几个月，也许一年。"

"谢谢你这么直白地告诉我。"他对医生说。

医生点点头，他已经见过太多的死亡，当了太多次播报人。每一次的宣布都让他有种酸涩的感觉，似乎这些确诊之词如同苦果一样难咽。

"最重要的是您的生活态度，"医生说道，"我也不知道为什么，但一个人的言行举止和健康是息息相关的。我见过很多病情比您轻的人，他们知道以后不到一个月就去世了。虽然死亡证明上写着癌症，但杀死他们的不是疾病，是他们自己的心态。那些病人不想苟活，所以他们选择死亡。其实他们不必那么快就结束生命的。多活一天就多见识一天人间的精彩。我希望您和他们相反，皮克先生，希望您能同病魔作斗争。"

"过去，我一直觉得自己会活到100岁。"他心不在焉地说。医生站在书桌旁，拿起面前的图表看着，说道："如果不是因为癌症的话，您一定会的。我诊断的和您年纪相仿的人中，您是最健康的，您有着30岁的心脏。我想您会……"

"我只是希望自己不要成为孩子们的累赘。"他说。

"您很幸运，"医生告诉他，"有一个好家庭，子女们会共同分担，共同面对。不要再去想是否会成为负担和累赘。我保证，他们一定会照顾您的。"医生停顿了一会儿，又说道，"您想让我告诉您的女儿吗，就是和您一起来的那两位？"

他想起凯特与凯莉正在医生办公室外焦急地等待着。她们要是得知这一不幸的消息，肯定会变得歇斯底里。所以，最好别让孩子们知道，至少现在不要。他会告诉詹姆斯这个消息，让他在病情不得不公开之前保守秘密。曾几何时，他也为詹姆斯保密过。越战前，詹姆斯去了东南亚，当时所有人都以为他在夏威夷。对军人来说，那是个四季如春、阳光普照的天堂（他所有的信件都盖着夏威夷的邮戳）。然而，詹姆斯并没有在那儿，而是在泰国，战争频发的地区。詹姆斯知道保密的意义。

"不，"他对医生说，"别告诉她们，现在还不是时候。总有一天，我会用自己的方式告知家人的。"

"按您希望的方式办吧，皮克先生，您知道他们不久就会全明白的。"

"我知道。"他说。

那晚，他打电话给詹姆斯道："儿子，我需要你。"

"好的，爸爸，"詹姆斯答道，"我三小时之内赶到您那儿。"

25

詹姆斯帮父亲保密了两个月后，便请求父亲打破当初的承诺。

"爸爸，我能体会哥哥姐姐们的感受，"他对父亲说道，"我若是他们，我会想要了解实情，让自己有时间接受这件事。"

"好吧，儿子，"他对詹姆斯的话表示同意，"我想是时候了，不能再拖下去了。"

"您想让我去告诉哥哥姐姐吗？"詹姆斯问道。

"我要自己告诉他们。"

不出所料，家人的反应和他想的一样。女儿们围绕在他身边，吃惊地睁大双眼。她们在房里忙碌着，试图佯装轻松，如常谈笑，然而终究无法做到。儿子们则异常严肃地保持沉默。有时，几个儿子会问他是否需要交代后事或者最后的愿望是什么。他坚持除非迫不得已，否则不让儿女们陪侍。

"我还没到不能自理的时候，"他对儿女们说，"也许会有那么一天，但至少现在还没有。每隔几分钟就有人进来，只会让我感到疲惫，那样的话，我就做不成自己想做的事。"

"我们只是不想让您一个人待着，爸爸。"孩子们说。

"我没有一个人，"他争辩道，"还有白狗陪着我。"

接下来，他知道他们之间又要激烈议论一番了。

"看来爸爸最在意他的狗，也许尼丽说得对，这只狗对他施了魔法。我从没见他对任何动物这么依恋过。"

"那只是只狗而已。"

"是啊，只不过是只狗而已。"

"如果你住在附近，就不会这样说了，"凯特抗议道，"凯莉，对吗？"

"有的时候是挺让人心惊肉跳的，"凯莉静静地说，"这么多年来，你们一直以为起码我们俩可以摸到那只狗，对吗？错了，没人能碰到白狗，它身边甚至都没有出现过其他的狗，从没有。我也从没听过任何狗叫声。"

"对，从来没有。"凯特强调道。

他们说他只重视白狗。他知道孩子们在这么说，可是孩子们却不理解他的想法。

癌细胞迅速扩散。

夏天来了，由于天气太热，他变得非常虚弱，也不经常出门，电风扇就对着扶手椅吹。他吃得很少，也不在乎是什么样的食物，哪怕是他平常喜欢的口味他也味同嚼蜡。"做这么多东西没必要，"他对孩子们说，"别再做了，除非我还干活，否则我根本吃不了这些。"

他干不了活了，再也没去核桃林锄过草。透过窗子，他能看见那里已经杂草丛生了。他想，就这样吧，我再也不能照料这些树木了。他拿起最后一本曾经用过的订购本，重新查看了一番最后一个买主，把那人的姓名记在了日记里。

来自南卡罗来纳州安德森市的朵罗西·皮尔格林，曾于4月11日购买了两棵核桃树。这么多年以来，我卖了成千上万棵树，这是最后两棵。

癌细胞又扩散了。

秋天的一个周日，他与劳丝还有泰博驱车前往北乔治亚州，去看山上的阔叶林。林叶色彩绚丽，金红色的叶子从树干垂下，远远望去，宛若一座座喷涌的火山。他让泰博在一处通向树林的小径旁停车。

"我想舒展下身子。"他说道，把这句话当做借口。

"我想也是。"泰博说。

"爸，小心点儿，"劳丝提醒道，"这儿有几座坟。"

他拄着拐杖，沿着小径蹒跚而行，来到一棵高大的山核桃树前。他触摸着一片明亮的黄色叶子，在指尖轻轻摩挲着，爱抚着。接着，他把叶子摘下，放入口中咀嚼。叶子的味道，依然那样柔软香甜，那是通过叶子传递的木头的味道。

"好了，"他对劳丝说，"现在我们回家吧。"

那一夜，他告诉凯特："我想是时候找人陪侍我了。"

"好的，爸爸，"凯特柔声对他说，"我们会安排好一切的。"

周一下午，爱玛带着行李搬进了这座房子，开始执行护理计划，这个计划一直持续到他去世——他的四个女儿每周轮流值班。偶尔，儿子和儿媳也会来照顾他。

当爱玛到达时，白狗正陪着他。它坐在房间的角落里，望着他。

"这是我第一次这么近距离地靠近您的狗，爸爸，"爱玛说，"您觉得它会让我摸摸吗？"

他摇摇头说："应该不会。"

"我们每次来，它总是跑得远远的，"爱玛说，"今天它居然没跑开，真奇怪。"

"也许它累了，就像我一样。"他答道。

"好吧，爸爸，您歇着。有任何需求就叫我，我就在这儿。"爱玛离开房间开始收拾行李。白狗跳到他身上，脸贴在他的膝盖上。

"以后再也不是我们俩喽，"他静静地对白狗说，"我们得忍受一天24小时都有人打扰的生活了。"

白狗发出呜呜的声音，似乎在发牢骚，随后便跳到放在椅子边的拐杖旁边。

"你想出去？"他说，"那好吧。"

他拄着拐杖支起身子，走过去打开了厨房门。白狗将脸贴近他的手，接着快步奔了出去。

自此以后，他再也没见过白狗。

每天，他都把食物放在外面等着白狗出现，然而食物从没被动过。他坐在阳台上，望着远方的公路和田野，依然没有看见白狗。他望望蓝天，看天上是否盘旋着前来啃食动物尸体的秃鹰，然而一无所获。他也让孩子们帮忙寻找白狗，但是他们回来后都说找不到任何踪迹。

这一天，他在日记中写道：

　　陪伴我多年的白狗消失了，是在孩子们搬回来照顾我的那一天消失的。在我饲养过的小动物中，白狗是最好的生活伴侣，我很想念它，也明白再也见不到它了。或许，它已经厌倦了我这副病快快的样子。我也厌倦了。每天疼痛都在加剧。现在，我倒觉得，这样度日如年的日子不会持续多久了。

去世之前，由于无法忍受癌变所带来的刺入骨髓的疼痛，他不得不注射吗啡，因此开始出现幻觉。他看见尼丽站在窗外，然后，他就会大笑着对陪在床边的爱玛与劳丝说："那是尼丽啊，尼丽就在窗外，她在大声笑着。她身边还站着别的黑人，但他们都是好人，噢，他们喜欢我。他们是好人。"他看着保罗，谈起和马歇尔·海瑞斯的点滴往事，认定保罗即是马歇尔，还幻想爱玛是妻子克拉。他语无伦次地喃喃自语，提起了海蒂·路易斯，提起了玛莎·道威·科尔。

他的身体已经彻底枯败了。

每次打针的时候，他都要疼得大叫："为什么他们不让我死？我对自己养的牲畜都没有这么残忍！为什么不拿把枪打死我，好让我舒服一点？"

癌细胞渐渐扩散到了他的全身。

在他去世的前一天，詹姆斯平静地和他谈着家庭琐事，他躺在床上聆听着，双目清亮。詹姆斯拍了一些子孙们的照片。

"爸爸，我想，您肯定喜欢把照片放在床头柜上，"詹姆斯对他说，"我会尽快冲洗出来，放在这儿，让您每天都可以看到。"

他看着詹姆斯，语带嘶哑，他问道："你拍了白狗的照片吗？"

"没有，爸爸，我希望可以拍到。可我根本找不到它。"

"它走了。"他说道，声调逐渐变得沉重起来。

"是的，爸爸，我们一直都在找您的狗，可是找不到。"

"它已经离开这里了。"

"是，爸爸。"

"儿子，那是你们的妈妈啊！"

听到这里，詹姆斯艰难地咽了口唾沫道："您说谁，爸爸？"

"白狗，那是她变的，她回来是来照看我的。"

詹姆斯没回答，他拿起一块湿毛巾，擦拭着父亲的额头。他看见父亲的眼里闪着晶莹的泪花。

"你妈妈知道，你们这些孩子搬回来了，于是就放心地走了，"他微笑着说道，"我马上就可以见到她了，也会见到我的狗。"

"是的，爸爸。"

"记得那时候，每一晚白狗都会变成你妈妈。"

"妈妈？"

他点点头，紧紧握住儿子的手。詹姆斯能感受到父亲那骨瘦如柴的指节。

"真的是你妈妈。每一夜，她都在床边休息，她的样子就和年轻时一样。儿子，你妈妈很漂亮，她是个漂亮的姑娘。"

看到父亲这样，詹姆斯悲痛欲绝，难以自持道："爸爸，您需要休息。"

"我没事，儿子，我很好，我一点儿也不痛。"

"您需要什么吗？"

他的头侧向一边，眼里闪烁着兴奋的光芒，瘦削的脸上充满喜悦说："你知道我的狗在哪里吗，儿子？"

"在哪儿？"

"就在墓地。它在等我，我现在就要去那里了。如果你想见它，就去墓地找它。儿子，记得要早上去，要正值太阳升起之时，它就在那儿。"他快乐地微笑着，闭上了眼睛，松开了紧握着孩子的手。他因为吗啡的药效，睡着了。

他再也没能说话，癌细胞侵蚀了整个身体。

父亲下葬后的第二天，詹姆斯在黎明时分驱车赶往墓地。父亲的坟前依旧堆满了花圈。那些色彩绚丽的花，都用缎带扎紧。路上铺着云母白沙，这里曾有殡葬服务人员走动，还摆放过为死者家人准备的椅子，所以地上满是坑坑洼洼的痕迹。

詹姆斯站在父母亲和大哥的坟前。他从未见过大哥，他在他出生前就离开了人世。他呆呆地望着面前的小沙堆，想着，世上没有什么是永恒的，没有。他转过身，向整个陵园望去，父亲曾对他说白狗会在这儿等他，嘱咐他要在太阳升起之时找寻白狗的踪迹。父亲亦曾对他说，白狗就是母亲的化身。詹姆斯忽然记起尼丽那些骇人的警告，或许，就是尼丽重复了太多次那样的话，使得父亲在潜意识里相信了那个幽灵狗的故事。

父亲错了，白狗没有出现在陵园。太阳升起了，任何奇迹都没有发生，詹姆斯感受到的只是一个安静怡人的时刻。他抬起头，闭上眼，深深地呼吸，鼻腔里是花朵的芳香与空气的湿润清凉。突然，颈部有一阵凉飕飕的感觉，随即这股凉意向双肩游走。詹姆斯心跳加速，迅速转过身，快速扫了一眼陵园。然而，什么都没有。接着，詹姆斯慢慢地沿着坟堆走了一圈，寻找着些许踪迹。他似乎听见了父亲的声音，父亲相信白狗一定会在陵园出现。

清晨的薄纱被渐渐掀起，和煦的阳光浮过整片树林。詹姆斯走到父母的坟堆中间，双膝跪下。接着，在罗伯特·塞缪尔·皮克坟前的沙地上，他看见了，看见了成排的爪印。这些爪印如此之浅，如空气铸就，转瞬消失不见。

作者的话

想必许多小说作者都会在书中声明——本书内容纯属虚构，如有雷同，纯属巧合。他们认为，小说就是小说，即使来源于真实的生活，那也是虚构的。这本小说却并非如此。《我想陪你到时光尽头》取材于我父母的真实经历。我的父母一直相濡以沫，异常恩爱。母亲的去世对父亲的打击很大，令他一度十分孤独寂寞。后来，他生命当中的白狗出现了，他笃信白狗绝非一条流浪狗。在这本书中，我更改了人物姓名、子女数量以及其他一些事实依据，因为我必须考虑戏剧的张力和可读性。要把个人经历呈现给一无所知的读者，这种手法是十分必要的。然而，做这些适度的修改并不意味着违背事实，我只是想以此纪念书中所要体现的人文精神罢了。

图书在版编目（CIP）数据

我想陪你到时光尽头 ：与狗狗相伴的那些日子 ／
（美）德瑞·凯著；孙如轶译. —— 海口 ：南海出版公司，
2017.12

ISBN 978-7-5442-9133-0

Ⅰ．①我… Ⅱ．①德… ②孙… Ⅲ．①长篇小说－美
国－现代 Ⅳ．① I712.45

中国版本图书馆 CIP 数据核字（2017）第 220040 号

著作权合同登记号 图字：30-2017-105

TO DANCE WITH THE WHITE DOG by Terry Kay
Copyright © 1990 by Terry Kay.
Published in agreement with Terry Kay c/o Harvey Klinger , Inc.,
through The Grayhawk Agency.
All Rights Reserved

我想陪你到时光尽头：与狗狗相伴的那些日子
〔美〕德瑞·凯 著
孙如轶 译

出　　版　南海出版公司　（0898）66568511
　　　　　　海口市海秀中路 51 号星华大厦五楼　　邮编 570206
发　　行　新经典发行有限公司
　　　　　　电话（010）68423599　　邮箱 editor@readinglife.com
经　　销　新华书店

责任编辑　李玉珍　姜应满　陶栎宇
策　　划　好读文化
设计装帧　@ 王木木就是琳子
内文制作　杨兴艳

印　　刷　山东鸿君杰文化发展有限公司
开　　本　850 毫米 ×1168 毫米　1/32
印　　张　7.5
字　　数　150 千
版　　次　2017 年 12 月第 1 版
印　　次　2017 年 12 月第 1 次印刷
书　　号　ISBN 978-7-5442-9133-0
定　　价　45.00 元

版权所有，侵权必究
如有印装质量问题，请发邮件至 zhiliang@readinglife.com